夫子自道

蔡瀾選集・捌

www.cosmosbooks.com.hk

書　　名　蔡瀾選集・捌——夫子自道
作　　者　蔡　瀾
出　　版　天地圖書有限公司
香港皇后大道東109 -115號
智群商業中心13字樓（總寫字樓）
電話：2528 3671　傳真：2865 2609
香港灣仔莊士敦道30號地庫 / 1樓（門市部）
電話：2865 0708　傳真：2861 1541
印　　刷　亨泰印刷有限公司
柴灣利眾街德景工業大廈10字樓
電話：2896 3687　傳真：2558 1902
發　　行　香港聯合書刊物流有限公司
香港新界大埔汀麗路36號中華商務印刷大廈3字樓
電話：2150 2100　傳真：2407 3062
出版日期　2019年10月初版・香港

ISBN 978-988-8547-27-2

出版說明

蔡瀾先生與「天地」合作多年，從一九八五年出版第一本書《蔡瀾的緣》開始，至今已出版了一百五十多本著作，時間跨度三十多年，可以說蔡生的主要著作都在「天地」。

蔡瀾先生是華人世界少有的「生活大家」，這與他獨特的經歷有關。他祖籍廣東潮陽，新加坡出生，父母均從事文化工作，家庭教育寬鬆，自小我行我素，放蕩不羈。中學時期，逃過學、退過學。由於父親管理電影院，很早與電影結緣，求學時便在報上寫影評，賺取稿費，以供玩樂。也因為這樣，雖然數學不好，卻苦學中英文，從小打下寫作基礎。

上世紀六十年代，遊學日本，攻讀電影，求學期間，已幫「邵氏電影公司」工作。學成後，移居香港，先後任職「邵氏」、「嘉禾」兩大電影公司，監製過多部電影，與眾多港台明星合作，到過世界各地拍片。由於雅好藝術，還在工餘尋訪名師，學習書法、篆刻。

八十年代，開始在香港報刊撰寫專欄，並結集出版成書。豐富的閱歷，天生的愛好，為熱愛生活的蔡瀾遊走於東西文化時，找到自己獨特的視角。他筆下的遊記、美食、人生哲學，以及與文化界師友、影視界明星交往的趣事，都栩栩如生地呈現在讀者面前，成為華人世界不可多得的消閒式精神食糧。世上有錢人多的是，但不一定有蔡生的機緣，可以跑遍世界那麼多地方；世上有閒人多的是，也許去的地方比蔡生多，但不一定有他的見識與體悟。很多人說，看蔡生文章，如與智者相遇、如品陳年老酒，令人回味無窮！

蔡瀾先生的文章，一般先在報刊發表，到有一定數量，才結集成書，因此「天地」出版的蔡生著作，大多不分主題。為方便讀者選閱，我們將近二十年出版的蔡生著作重新編輯設計，分成若干主題，採用精裝形式印行，相信喜歡蔡生作品的朋友，一定樂於收藏。

天地圖書編輯部

二〇一九年

與蔡瀾同行

*金庸

除了我妻子林樂怡之外，蔡瀾兄是我一生中結伴同遊、行過最長旅途的人。他和我一起去過日本許多次，每一次都去不同的地方，去不同的旅舍食肆；我們結伴共遊歐洲，從整個意大利北部直到巴黎，同遊澳洲、星、馬、泰國之餘，再去北美，從溫哥華到三藩市，再到拉斯維加斯，然後又去日本。我們共同經歷了漫長的旅途，因為我們互相享受作伴的樂趣，一起享受旅途中所遭遇的喜樂或不快。

蔡瀾是一個真正瀟灑的人。率真瀟灑而能以輕鬆活潑的心態對待人生，尤其是對人生中的失落或不愉快遭遇處之泰然，若無其事，不但外表如此，而且是真正的不縈於懷，一笑置之。「置之」不大容易，要加上「一笑」，那是更加不容易了。他不抱怨食物不可口，不抱怨汽車太顛簸，不抱怨女導遊太不美貌。他教我怎樣喝最低劣辛辣的意大利土酒。怎樣在新加坡大排檔中吮吸牛骨髓，我會皺起眉頭，他始終開懷大笑，所以他肯定比我瀟灑得多。

我小時候讀「世説新語」，對於其中所記魏晉名流的瀟灑言行不由得暗暗佩服，後來才感到他們矯揉造作。幾年前用功細讀魏晉正史，方知何曾、王衍、王戎、潘岳等等這大批風流名士、烏衣子弟，其實猥瑣齷齪得很，政治生涯和實際生活之卑鄙下流，與他們的漂亮談吐適成對照。我現在年紀大了，世事經歷多了，各種各樣的人物也見得多了，真的瀟灑，還是硬扮漂亮一見即知。我喜歡和蔡瀾交友交往，不僅僅是由於他學識淵博、多才多藝，對我友誼深厚，更由於他一貫的瀟灑自若。好像令狐沖、段譽、郭靖、喬峰，四個都是好人，然而我更喜歡和令狐沖大哥、段公子做朋友。

蔡瀾見識廣博，懂的很多，人情通達而善於為人着想，琴棋書畫、酒色財氣、吃喝嫖賭、文學電影，甚麼都懂。他不彈古琴、不下圍棋、不作畫、不嫖、不賭，但人生中各種玩意兒都懂其門道，於電影、詩詞、書法、金石、飲食之道，更可説是第一流的通達。他女友不少，但皆接之以禮，不逾友道。男友更多，三教九流，不拘一格。他説黃色笑話更是絕頂卓越，聽來只覺其十分可笑而毫不猥褻，那也是很高明的藝術了。

過去，和他一起相對喝威士忌、抽香煙談天，是生活中一大樂趣。自從我試過心臟病發，香煙不能抽了，烈酒也不能飲了，然而每逢宴席，仍喜歡坐在他旁邊，一來習慣了，二來可以互相悄聲説些席上旁人不中聽的話，共引以為樂，三則可以聞到一些他所吸的香煙餘氣，稍過煙癮。蔡瀾交友雖廣，不識他的人畢竟還是很多，如果讀了我這篇短文心生仰慕，想享受一下聽他談話之樂，未必有機會坐在他身旁飲酒，那麼讀幾本他寫的隨筆，所得也相差無幾。

＊這是金庸先生多年前為蔡瀾著作所寫的序言，從行文中可見兩位文壇健筆相交相知之深，相信亦有助讀者加深對蔡瀾先生的認識，故收錄於此作為《蔡瀾選集》的序言。

目錄

履歷書

申請澳門籍，官方要我一個履歷。至今幸運，從未求職，不曾寫過一篇。當今撰稿，酬勞低微，與付出之腦力精力不成正比，既得書之，惟有借助本欄，略賺稿費，幫補幫補。

蔡瀾，一九四一年八月十八日出生於新加坡。父副職電影發行及宣傳，正職為詩人、書法家，九十歲時在生日那天逝世；母為小學校長，已退休，每日吃燕窩喝ＸＯ干邑，九十幾了，皮膚比兒女們白皙。

姐蔡亮，為新加坡最大學府之一南洋女中的校長，其夫亦為中學校長，皆退休；兄蔡丹，追隨父業，數年前逝世；弟蔡萱，為新加坡電視的高級監製，亦退休；只有蔡瀾未退休。

妻張瓊文，亦為電影監製，已退休，結婚數十年，相敬如賓。

蔡瀾從小愛看電影，當年新加坡分華校和英校，各不教對方語言。求懂得聽電影對白，蔡瀾上午唸中文，下午讀英文。

父親影響下，看書甚多，中學時已嘗試寫影評及散文，曾紀錄各國之導演監製及演員表，洋洋數十冊，資料甚為豐富。被聘請為報紙電影版副刊編輯，所賺稿費用於與同學上夜總會，夜夜笙歌。

十八歲留學日本，就讀日本大學藝術學部電影科編導系，半工半讀，得邵逸夫爵士厚愛，命令他當邵氏公司駐日本經理，購買日本片到香港放映。又以影評家身份，參加多屆亞洲影展為評審員。當年邵氏電影越拍越多，蔡瀾當監製，用香港明星，在日本拍攝港產片。後被派去韓國、台灣等地當監製，間中背包旅行，流浪多國，增廣學識。

鄒文懷先生自組嘉禾後，蔡瀾被調返香港，接他擔任製片經理一職，參加多部電影的製作，一晃二十年。

邵氏減產後，蔡瀾重投舊上司何冠昌先生，為嘉禾之電影製作部副總裁，間中與日本電影公司拍過多部合作片。成龍在海外拍的戲，多由蔡瀾監製，成龍電影一拍一年，蔡瀾長時間住過西班牙、南斯拉夫、泰國和澳洲，又是一晃二十年。

發現電影為群體製作，少有突出個人的例子，又在商業與藝術間徘徊，令蔡瀾逐漸感到無味，還是拿起筆桿子，在不費一分的紙上寫稿，思想獨立。

《東方日報》的〈龍門陣〉、《明報》的副刊上，皆有蔡瀾的專欄。《壹週刊》創辦後，蔡瀾每週二篇，一為雜文，一為食評。也從第一天開始在《蘋果日報》寫專欄至今。

寫食評的原因在老父來港，飲茶找不到座位，又遭侍者的無禮，發奮圖強，專寫有關食物的文章，漸與飲食界搭上關係。

蔡瀾食評的影響力，從眾多餐廳將其文章放大作為宣傳，有目共睹。

報章和雜誌的文章結集為書，二十多年下來，至今已有一百冊以上，銷路如何，可從出版商處取得數據。蔡瀾知道的是其書被大陸大量盜版，年前香港中央圖書館亦曾收集盜版書數十種，供應商被海關告發定罪。

十多年前與好友倪匡及黃霑製作電視清談節目《今夜不設防》，收視率竟達七十多巴仙。

後來又在電視上主持《蔡瀾人生真好玩》，得到好評，繼而拍《蔡瀾嘆世界》的飲食及旅遊節目，由此得到靈感，從影壇退出後辦旅行團，帶喜歡美食和旅行的團友們到世界各地吃吃喝喝為生。

之前，蔡瀾參加過香港電台的深夜廣播節目，由何嘉麗訓練其廣東話，對後來的電視節目甚有幫助，所操粵語方被人聽懂。

香港電台每週一的《晨光第一線》中，蔡瀾由各地打電話來做節目，名為〈好玩總裁〉，多年來未曾中斷。

任職嘉禾年代，何冠昌先生有友人開茶葉店，想創品牌茶種，請教蔡瀾意見，他調配了玫瑰花、椇枳子和人參鬚，以除普洱茶的腐味。提供訂茶商，認為低級，不被接受，蔡瀾因此自製售賣，命名暴暴茶，有暴食暴飲都不怕之意。商品進入日本，特別受歡迎，橫濱中華街中，出現不少贋品，亦為事實。繼而蔡瀾出品了飯焦、鹹魚醬、金不換醬等等產品。

日本方面，富士電視製作的《料理之鐵人》，邀請蔡瀾當評判，多次國際廚師比賽都由他給分，所評意見不留餘地，日本稱他為「辛口」，很辣的意思。

數年前，紅磡黃埔邀請蔡瀾開一美食坊，一共有十二家餐廳，得到食客支持，帶旺附近，新開了三十多間菜館。

閒時，蔡瀾愛書法，學篆刻，得到名家馮康侯老師的指點，略有自己的風格。西洋畫中，又曾經結識國際著名的丁雄泉先生，亦師亦友，教導使用顏色的道理，成為丁雄泉先生的徒子徒孫，愛畫領帶，以及在旅行皮箱上作畫。

蔡瀾交遊甚廣，最崇拜的是金庸先生，有幸成為他的好友之一。

數年前去到澳門，有一舉辦國際料理學院的計劃，與日本的烹飪大學合作，但未成功，卻愛上澳門的優閒生活，開始在當地置業。

澳門蔡瀾美食城籌備多時，終於在二〇〇五年八月四日開幕。

以上所記，皆為一時回憶，毫無文件資料支持。學校文憑，因長久不曾使用，亦失蹤跡，其中年份日期也算不清楚。蔡瀾對所做過的事，負責就是。

蔡瀾記於二〇〇五年八月十八日生日的那一天。

出版

問：「是否可以談談你出版過的書？」

答：「哈，做訪問時，很少人提到這方面去，我是最樂意談論和回答的。」

問：「你一共出版過多少本書？」

答：「沒去算過，一百本多吧。」

問：「哇，那麼多！」

答：「幾十年寫了下來，集呀集呀，就變成那麼多了，我自己也感到驚訝。」

問：「第一本在甚麼時候？書名叫甚麼？」

答：「忘記了，幾十年前吧。書名叫《蔡瀾的緣》。」

問：「為甚麼取了那麼一個名字？」

答：「我最初在《東方日報》的副刊〈龍門陣〉寫專欄，欄名叫〈緣〉，聚集了那些方塊，出了書，就叫那個名字。」

問：「是『天地圖書出版社』出版的嗎？」

答：「我的書，大多是『天地』出版的。第一本卻不是，是『博益』出版。後來絕了版，他們不再印了，我討了回來，交給『天地』重印。」

問：「每本書出多少版？能賺多少錢？」

答：「有的好幾版，有的幾十版，不一定。至於說到能賺多少錢，香港書籍的版税是少得可憐的，根本和付出的努力不成正比，所以我們這些所謂的作家，要靠報紙或雜誌的專欄先賺一筆，書再賺少少，不然心理取不到平衡，作家會發瘋的。」

問：「要是在歐美或日本出那麼多書，版税一世人都吃不完。」

答：「是呀。從前我有個上司，每次經過我的書架，都酸溜溜地那麼說，以為我利用工作時間寫作，其實我是犧牲自己的睡眠。我回他說，在美國吃不完，在星馬或泰國，要自費才出得了書，要是在當年的柬埔寨，就要被拉去殺戮戰場了。在香港只能賺一點點，算是福氣。」

問：「你的書，書名多數是四個字，像《霧裏看花》、《淺斟低唱》等，和書的內容有關係的嗎？」

答：「完全沒有關係，只取意境。」

問：「有沒有不喜歡的？」

答：「有一本叫《花開花落》，含意在紀念父親。有一本竟然交在我哥哥的手上，他晚年很喜歡看我的書，在病榻上抓了這一本，過些日子就去世了，讓我感到特別的心痛。」

問：「書上的題字都是由令尊寫的？」

答：「最初的是，家父過世後，我從他的手稿中集字為題，後來的是自己寫了，但也用他的名字。封面繪圖照樣是蘇美璐畫的，比內容精彩。」

問：「內容全部是小品文嗎？」

答：「也不是。有兩三本是小說，像《吐金魚的人》和《追蹤十三妹》。」

問：「為甚麼《追蹤十三妹》沒有續集？」

答：「沒時間寫，我希望有一天少了每天寫專欄的重擔，再繼續。寫的是一個時代，人物來來去去都圍繞着十三妹。」

問：「《追蹤十三妹》有很多性愛描寫，有必要嗎？」

答：「十三妹是個真人，花了七年工夫才收集了資料寫的，我認為有了性愛，她更會活生生。」

問：「那本《覺後禪》呢？」

答：「是李漁的《肉蒲團》改寫的，本來要拍成電影，拍不成，就寫成白話文的版本。『天地』是間正經的公司，由他們改了一間出版社出版。」

問：「這些書能在大陸出版嗎？」

答：「我見過盜版的。很多書都有盜版，最初的粗糙了一點，越來越精美，據說很暢銷。如果沒有盜版，也可以撈了好大的一筆。」

問：「現在的呢？」

答：「現在已有正版了，反而沒那麼好賣。」

問：「在《亞洲周刊》中有個書籍流行榜，你的書在新加坡都曾經榜上有名，為甚麼馬來西亞反而沒賣？」

答：「寄去新加坡的書，也只不過那幾百本，榜上有名算得了甚麼？馬來西亞的盜版很猖狂，連書也懶得寄去。如果正版好好開發，倒有一筆收入。盜版印得最好的一本叫《葷笑話老頭》，縮小成口袋書，精美得不得了。詢問之下，原來是一個和尚翻印，我想找他說聲謝謝，他以為我要找他麻煩，逃之夭夭。」

問：「你不介意人家盜版嗎？」

答：「介意也介意不來，怎麼追討？如果模仿是一種恭維，盜版也當成恭維好了。懊惱的是香港的中央圖書館也進了盜版書，但推說是供應商的錯。我發了律師信，供應商怕了起來，原來是官方機構，後來託人來講和，說會替我出國內版，但也不了了之。」

問：「書店賣你的書，你有甚麼要求嗎？」

答：「我曾經要求出版得最多的『天地』，在他們的灣仔門市部中給我一個專櫃，像『亦舒專櫃』、『李碧華專櫃』等，讓要找我的書的人一下子能看到，把書編起號碼，一賣完就補印。但是負責人劉文良答應了半天，始終沒做到。現在他人去世了，看樣子沒法子完成我這個心願。」（編按：「蔡瀾專櫃」已在二〇〇七年推出）

問：「那麼你也會一直寫，一直出書嗎？」

答：「有一天，我疲倦了，就不寫了，不寫哪有書出？全世界的讀者都是一樣，作者活着的話就不覺得珍貴。還是預先宣告死亡，也許書能賣得更多。哈哈哈哈。」

收藏

問：「文人通常收藏些字畫，你有沒有？」

答：「我不例外，很少罷了。最珍貴的是書法和篆刻的馮康侯老師作品。老師生前我不敢向他要，他自動送了我一兩幅，過世後我也向人買了一些，就此而已。」

問：「你的另一位老師丁雄泉呢？」

答：「送過一幅小的。另外有一幅是他白描，由我上色，他為了我題上兩人合作的字句，真是抬舉我了。」

問：「其他呢？」

答：「有幾幅西洋畫的辛德信，和一些弘一法師及豐子愷先生，都是我心愛人物的作品。」

問：「按你現在的經濟條件，收藏一些名人字畫，是買得起的呀。」

答：「名人畫也有好壞，不是精的買得起，精的買不起。精的留着在博物館看，不精的不值得收藏。」

問：「你從來沒有當過收藏是一種投資嗎？」

答：「（嘆）我不知說過多少次。收藏字畫或其他藝術品，等到有一天要拿出來變賣，就倒了祖宗十八代的楣了。如果當成投資的話，早就改行去學做古董鑑定家了。」

問：「小的時候呢？」

答：「小的時候也和同學一樣，學過集郵，也下了不少功夫，如果能留到現在也許值錢，但中途搬家搬了好幾次，也散失了。」

問：「年輕時呢？」

答：「在日本那個年代，也收集過不少火柴盒，但一下子就厭了，全部扔掉。

不過買打火機和煙灰盅的興趣還是有的，每到一個新的地方，看到有特色的，一定買，不過不會花太多錢。多年下來，也有好幾百個。」

問：「近來聽說你要戒煙了？」

答：「咳得厲害，看來是要戒的。」

問：「那麼那些打火機和煙灰盅呢？」

答：「可以編好號碼，集中起來賣掉，錢捐出去；賣不掉的話，找個我喜歡的人，也抽煙的，送給他好了。」

問：「還有甚麼捨不得分給人的呢？」

答：「只有茶盅了。」

問：「茶盅？」

答：「也有人叫為蓋碗。舊式茶樓像『陸羽』和『蓮香』，到現在也用來沏茶的瓷器。喝普洱的話，葉粗，用紫砂功夫茶壺不實際，還是用茶盅好。」

問：「你收藏的是甚麼茶盅？」

答：「只限於民國初期的。」

問：「為甚麼？」

答：「比民國初期還要老，像清朝的，太貴了，買不起，還是去博物館看。當今的，手工太粗，胎太厚，手感不佳，又俗氣的居多，不值得買。」

問：「民國初期的茶盅有甚麼特別？」

答：「都是生活中用的，很平凡，但是當年的人比較優雅，做出來的普通用器，有很高的品味。我從四十年前來香港時開始收集，最多是三四十塊港幣一個。」

問：「現在呢？要賣多少？」

答：「至少四五百吧？有的還叫到一兩千呢。」

問：「那你有多少個？」

答：「很多。」

問：「你會拿來用嗎？」

答：「（笑）當然。這些所謂的半古董，打破了也不可惜。玩藝術品的境界，是摩挲。不拿在手上用，只是看，不過癮的。」

問：「怎麼用？」

答：「每天拿來沏茶呀。春天用花開鳥鳴的圖案，夏天是古人樹下納涼，秋天一片楓葉，冬天大雪中烹茶：還有大大小小、各種不同的狀態，都可以變化來用。」

問：「你可以看出是真品嗎？怎麼看？」

答：「我不貪心，只研究一樣茶盅，也只學民國初期的。像一個當舖學徒，從好貨看起，我很努力地去博物館看，看久了，知道甚麼是真的，甚麼是假的。」

問：「買過假的嗎？」

答：「當然。但是假得好，假得妙，也當是真的。」

問：「打破了多少個？」

答：「無數，多是菲律賓家政助理經手的。我自己洗濯時很小心，旅行時也帶一個，放在錦盒中，不會碎。薄胎的茶盅很有趣，用久了總會有一道裂痕，但不會漏水出來，沖入滚水之后，瓷與瓷之間的分子相碰，竟然會發出『鏘』的一聲，像金屬的撞擊聲，很爽脆，很好聽。」

問：「我從來不會用茶盅。只懂得用茶壺，用茶盅會倒得滿桌都是茶。」

答：「沒有一個人從開始就會用茶盅的，都得經過訓練。我開始的時候也和你一樣，倒得滿桌都是，後來立心學習，買一個普通茶盅，在沖涼時拼命學斟，一下子就學會了，你也應該學會的。」

身世

問：「你真會應付我們這群記者。」

答：「（笑）這話怎麼說？」

問：「我們來訪問之前，你就先問我們要問甚麼題目。問吃的，你把寫過的那篇訪問自己關於吃的拿給我們；問到電影的，你也照辦，把我們的口都塞住了。」

答：「（笑）不是故意的，只是常常遇到一些年輕的阿貓阿狗，編輯叫他們來訪問，他們對我的事一無所知，不肯搜集資料，問的都是我回答過幾十次的。我不想重複，但他們又沒得交差，只好用這個方法了。自己又可以賺回點稿費，何樂不為？（笑）但是我會向他們說，如果在我自問自答的內容中沒有出現過的問題，我會很樂意回答的。」

問：「（抓住了痛腳）我今天要問的就是你沒有寫過的：關於你家裏的事。」

答：「（面有難色）有些私隱，讓我保留一下好不好？像關於夫婦之間的事，我都不想公開。」

問：「好。那麼就談談你家人的，總可以吧？」

答：「行。你問吧。」

問：「你父親是怎麼樣的一個人？」

答：「我父親叫蔡文玄，外號石門，因為他老家有一個很大的石門。他是一個詩人，筆名柳北岸。他從大陸來南洋謀生，常望鄉，夢見北岸的柳樹。」

問：「你和令尊的關係好不好？」

答：「好得不得了。我十幾歲離家之後，就不斷地和他通信，一禮拜總有一兩封，幾十年下來，信紙堆積如山。一年之中總來我們那裏小住一兩個月，或者我回去新加坡看他。」

問：「你的一生，有沒有受過他的影響？」

答：「很大。在電影上，都是因為他而幹上那一行。他起初在家鄉是當老師的，後來受聘於邵仁枚邵逸夫兩兄弟，由大陸來新加坡發展電影事業，擔任的是發行和宣傳的工作。我對電影的愛好也是從小由環境培養出來的，那時家父也兼任電影院的經理。我們家住在一家叫南天戲院的三樓，一走出來就看到銀幕，差不多每天都在看戲。我年輕做製片時不大提起是我父親的關係，長大了才懂得承認幹電影這行，完全是父親的功勞。」

問：「寫作方面呢？」

答：「小時，父親總從書局買一大堆書回來，由我們幾個孩子去打開包裹，看看我們伸手選的是怎麼樣的書，我喜歡看翻譯的，他就買了很多《格林童話》、《天方夜譚》、希臘神話等品種的書給我看。」

問：「令堂呢？」

答：「媽媽教書，來了南洋後當小學校長，做事意志很堅決，這一方面我很受她的影響。」

問：「兄弟姐妹呢？」

答：「我有一位大姐，叫蔡亮，因為生下來時哭聲嘹亮，媽媽忙着教育其他兒童時，由她擔起半個母親的責任，指導我和我弟弟的功課，我一直很感激她。後來她也學了母親，當了新加坡南洋女子中學的校長，那是一間名校，不容易考得進去的。她現在退休，活得快樂。」

問：「你是不是有一個哥哥和一個弟弟？」

答：「唔，大哥叫蔡丹，小蔡亮一歲，因為出生的時候不足月，很小，小得像一顆仙丹，所以叫蔡丹。後來給人家笑說拿了菜單（蔡丹），提着菜籃（蔡瀾）去買菜。丹兄是我很尊敬的人，我們像朋友多過像兄弟。父親退休後在邵氏的職位就傳給了他，丹兄前幾年因糖尿病去世，我很傷心。」

問：「弟弟呢？」

答：「弟弟叫蔡萱，忘記問父親是甚麼原因而取名了。他在新加坡電視台當監製多年，最近才退休。」

問：「至於第三代呢？」

答：「姐姐兩個兒子都是律師。哥哥一子一女，男的叫蔡寧，從小受家庭影響也要幹和電影有關的事，長大後學電腦，住美國，以為自己和電影搭不上道，後來在電腦公司做事，派去做電影的特技，轉到華納，《蝙蝠俠》的電腦特技有份參與，還是和電影有關；女兒叫蔡芸，日本慶應大學畢業，做了家庭主婦。弟弟也一子一女，男的叫蔡曄，因為弟婦是日本人，家父說取日和華為名最適宜，曄字唸成葉，菜葉菜葉的也不好聽，大家都笑說我父親沒有文化；女兒叫蔡珊，已出來社會做事。」

問：「為甚麼你們一家都是單名？」

答：「我父親說放榜的時候，考得上很容易看出，中間一格是空的嘛。當然，考不上，也很容易看出。」

問：「你已經寫了很多篇訪問自己，是不是有一天集成書，當成你的自傳？」

答：「自傳多數是騙人的，只記自己想記的威風史，壞的、失敗的多數不提，從來沒有過自傳那麼虛偽的文章。我的訪問自己更不忠實，還自問自答，連問題也變成一種方便；回答的當然是笑話居多。人總有些理想，做不到的事想像自己已經做到，久而久之，假的事好像在現實生活中發生過。但是我答應你，在這一篇關於家世的訪問，盡量逼真，信不信由你。」

道德和原則

問：「你是不是一個很守道德的人？」

答：「哪一個時候的道德？」

問：「你這句話甚麼意思？」

答：「道德隨着時間而改變，遵守舊道德觀念，死定。」

問：「甚麼叫新？甚麼叫舊？」

答：「從前的女子，丈夫先走了，守寡是美德；現在的女人，老公死了，你看她孤苦伶仃，就叫她再去找一個。要是你活在舊時代，你是一個勸人敗壞道德的人。」

問：「……」

答：「還有，從前的人，叫年輕人不可以打飛機，說甚麼一滴精一滴血，嚇得他們臉都青掉，還以為自己打飛機打出來的。現在的醫生或看八卦雜誌，都說手淫是正當的，不要打太多就是。」

問：「那麼婚外情呢？」

答：「更是笑話了，在七八十年前，我祖父那一代，一見到人才不問『你吃飽了沒有？』那麼寒酸。那時候的人，一見面，就問：你有多少個姨太太？甚麼？才一個？那才是更寒酸了。你如果遵守以前的道德水準，有四個老婆也行，你現在也是死定的。」

問：「那麼女人的婚外情呢？」

答：「從前要浸豬籠，現在沒事。男女平等，男的許可的話，女的也應該沒罪，只要不讓對方知道，就是了。」

問：「社會風俗的敗壞呢？」

答：「你一個人的力量，能改變整個社會嗎？」

問：「至少要守回自己的本份呀。」

答：「說得對。管他人幹甚麼？」

問：「同性戀呢？」

答：「中國自古以來，就有斷袖之癖的文字記載，不是現在才流行的。以當年的道德水準，可以被接受，我們還在反對些甚麼？」

問：「偷人老婆呢？」

答：「自己的老婆不能滿足她，被人偷掉，是天公地道的事，和偷人家老公，是一樣的。」

問：「離婚後的子女問題呢？」

答：「我們的社會，愈來愈像美國，在美國，一班同學之中，只有你一個父母不離婚的，才受歧視。」

問：「孝順父母呢？」

答：「啊，你問到重點了。但是，這不是道德的問題，這是原則，供養你長大的人，你孝順他們，是不是應該的？不必回答吧！」

問：「做人，是不是應該有原則的？」

答：「道德水準已經不可靠了。只有原則，是個不變的目標。是的，做人應該有原則。」

問：「原則會不會因為時間而改變？」

答：「不會。」

問：「你算是一個很有原則的人嗎？」

答：「我算是一個很有原則的人。」

問：「你有甚麼原則？」

答：「孝順不在話下，我很守時。」

問：「別人不守時呢？」

答：「那是他的事。」

問：「約了人，你老等，不生氣嗎？」

答：「我不在乎等人，所以約會多數是約在辦公室，像你這次的訪問遲到了，我可以做別的事。」

問：「（有點羞恥）如果約在咖啡室呢？」

答：「（注視對方）那要看等甚麼人了。美女的話，可以多等一會兒。」

問：「（更羞恥，轉話題）對人好，是不是原則？」

答：「是的。先對人好；人家對你不好，就原諒他，但是，也要遠離他。」

問：「遵守原則，會不會處處吃虧？」

答：「吃虧，也要看你怎麼看吃虧，不當成吃虧，就不吃虧了。要放棄原則很容易。我父親教我的一些原則，我都死守着，像對人要有禮貌，像借了東西要還，像別無緣無故騷擾人家，像……」

問：「你答應過的事，一定要做到？原則上，你是不是一個守信用的人？」

答：「我是。有時承諾過的事現在做不到，但是會一直掛在心上，等有機會，就完成它。」

問：「婚姻是不是一種承諾？」

答：「是的。所以我不贊成離婚。當年自己答應過，不應該後悔，除非，對方已經完全變了一個人；對於這個陌生人，你沒有承諾過任何事。」

問：「你說過原則是不會變的！」

答：「原則沒有變，是人在變。」

問：「你這麼說，等於沒有原則嘛。」

答：「曾經有位長者，做事因為對方變而自己變，我問他：你做人到底有沒有原則？」

問：「他怎麼回答你？」

答：「他說：沒有原則，是我的原則。」

金錢

問：「金錢，重要嗎？」

答：「哈哈哈哈（乾笑四聲）。」

問：「香港，是不是一個以金錢掛帥的社會？」

答：「英國大班的後代，來到維多利亞港，聞了一聞，問他手下道：『這是甚麼味道？』他的華人同事回答：『這是金錢的味道。』香港，是個錢港。」

問：「道德，是不是比金錢重要？」

答：「在香港，有二重、三重或四重的標準。有錢的人，娶四五個老婆，公開的，沒人反對，像那位賭王，整天有他三姨太四姨太的消息，大家都接受。像那位叫甚麼卿的女士，兒女成群，男友照樣一個換了又一個，沒有人說她淫賤。

身邊多幾個女人，被人罵『鹹濕佬』，是因為這個人，錢不夠多。」

問：「那麼香港是一個笑貧不笑娼的社會了？」

答：「貧也笑，娼也笑，香港人就是那麼賤。」

問：「高地價政策崩潰之前，有層樓的人都是百萬富翁。當今大家都變成負資產了。」

答：「小部份罷了。買來自己住，變成負資產，是可憐的。多買一家來炒，變成負資產，就不值得同情了，這像買股票一樣，願賭服輸，怎麼救他們呢？」

問：「那麼大部份的香港人還是有錢的？」

答：「有，銀行的存款，加起來還是數千億。大部份的香港人花錢還是花得起，看花得值不值得而已。當今景氣不好，大家省一點，是香港人的應變能力。」

問：「你認為香港還是有前途的嗎？」

答：「日本人經濟一衰退，就是十幾年，大家也還不是過得好好的嗎？香港也遇過好景的時代，都存了點錢。日本人現在一直在吃老本，十幾年沒吃完，我們也在吃老本，才幾年罷了，呱呱叫幹甚麼？」

問：「失業大軍每天在增加，不怕嗎？」

答：「失業率高得過五六十年代香港？當年捱了過來，香港人生存力多強！比起當年，現在的算得了甚麼？」

問：「你沒擔心過？」

答：「窮則變，變則通。做無牌小販也好，做保安也好，不想做，是賺錢賺得不夠多。現在幾塊錢就能吃一餐飽的。花園街上的衣服，也是幾塊錢一件。香港，很少餓死人，也沒聽過有人凍死。」

問：「你自己算是有錢嗎？」

答：「那就要看『有錢』的定義是甚麼了！我只能說夠用罷了，我的賺錢本領沒有我花錢本領高，買幾件看得上眼的古玩，足夠令我傾家蕩產。」

問：「你還沒回答我，你重不重視金錢？」

答：「年輕時被中國書籍害了，認為錢不重要，要有情有義，有些賺錢的生意，給我我也不想做；年紀大了，才知道錢有多好，但是太遲。現在甚麼錢都賺，連廣告也接來拍。這麼老了，還要拋頭露面，犧牲色相，真丟人！」

問：「你有沒有算過你有多少錢？」

答：「真正有錢的人，才不知道他有多少錢。我當然算過，但不是一個很清楚的數目字。總之不多，剛才也說了，夠用罷了。」

問：「可不可以準確去為錢下一個定義？」

答：「錢。是好的，但是不能看得太重，當它是奴隸來使用。我從來不用錢包，把鈔票往後褲袋一塞就是，有時會丟掉了一些，也不可惜。因為塞在褲袋的錢，加起來也沒多少。」

問：「這是不是和你沒有子女有關係？」

答：「你說到了問題的結晶，是的，我的朋友，存錢都是以存給子女為藉口，有了下一代，對金錢的看法，和沒有的，完全兩樣。至今，我沒有後悔過。」

問：「怕不怕有一天，忽然一點錢也沒有？」

答：「永遠有這個陰影存在。社會制度健全，就沒這種擔憂。像日本，老人福利做得很好，看病不要錢，退休金也夠養活餘年。但是要靠福利，就不是福利了，人一定要活得愉快。活得不愉快，不如別活下去，我一向主張要活，就要活得一天比一天更好！」

問：「你有錢，才說這種風涼話。」

答：「我不知道説過多少次，這和金錢不能相提並論，活得一天比一天更好，是看你活得充不充實。多學一樣東西，就多充實一點。記一記路旁的樹，叫甚麼名字，是不要錢的。記多了就成專家，成專家就能賺錢。」

問：「我完全聽不進去，看你有一天，真正窮了，你能幹些甚麼？」

答：「到路邊去替人家寫揮春呀！」

問：「字也要寫得像樣才行！」

答：「之前你就要學呀，學書法花得了你多少錢？學了生活就充實。生活充實，人就有信心。多學幾樣，每一樣都是賺錢工具，不要等到要靠它吃飽才去學。」

問：「有了錢，你會不會包二奶？」

答：「我的錢，不夠包二奶。要是夠的話，就不叫二奶了。」

問：「那叫甚麼？」

答：「叫紅顏知己呀！」

做生意

問：「你又賣茶，又賣醬料，你算不算是一個生意人？」

答：「基本上，人人都是一個生意人。」

問：「你這話是怎麼說？」

答：「凡是牽涉到錢，就是生意。」

問：「作家和藝術家，就不是生意人。」

答：「作家賣稿，藝術家賣字、賣畫、賣雕塑，也是生意。我的篆刻老師馮康侯先生，生前告訴過我，他開書畫展的時候，和過年在維園開檔子賣花差不多。他說有時來個買家，還要向他解釋這是精心作品，和這種水仙有多香，道理完全相同。」

問：「做生意有樂趣嗎？」

答：「（笑）賺到錢就有。」

問：「為甚麼古人那麼不喜歡生意人？」

答：「歷史靠文字記載，寫東西的人多數賺不到錢，所以看到富有的商人就眼紅，罵他們俗氣了，其實生意人也有些很有學問，像揚州八怪受重視，完全是因為鹽商買他們的字畫吹捧而引起的。」

問：「你從前為甚麼沒有做過甚麼小買賣？」

答：「從前在大電影公司做事，對做生意不感興趣。因為薪水很高，高到我認為不是工字不出頭，有很多做生意的朋友叫我投資，我都付之一笑。第一，我受書本影響，認為做生意不是很清高。第二，我小時候常聽到長輩說，做了生意，被人吃掉，所以對做生意有點戒心。第三，也是最大原因，是我不會，做生意，是一門很高深的學問。」

問：「後來為甚麼做了？」

答：「完全是為了茶。」

問：「茶？」

答：「有一個上司的朋友，開了一間新派茶行，知道我會喝茶，就叫我去給意見。我說賣的龍井鐵觀音之一類，都是別人的東西，要有一種自己的茶，才是品味。」

問：「甚麼是自己的茶？」

答：「這個人也這麼問。我說味道和做法和別人不一樣的，就是自己的。舉一個例，台灣人喝普洱，因為是全發酵，放久了，有陣霉味，加玫瑰花就可以辟除；普洱本身消脂肪，就噴上解酒的藥，又好喝又有功效，就可以當為自己的茶。」

問：「這方法不錯，後來呢？」

答：「後來這個開茶行的人認為這個主意太賤了。我氣起來，就自己當成商品賣，結果開始了我的生意生涯。」

問：「賺到錢嗎？」

答：「不賺錢我怎麼會想做其他生意？」

問：「那麼從前勸你投資的朋友有沒有笑你？」

答：「他們當然笑我。做了生意之後，我對生意這兩個字有新的解釋，我說生意者，生之意識也。活生生的主意，多麼厲害？」

問：「那麼奸商呢？」

答：「做生意不是用槍指着你的。商者，商量也，願者上釣，和你商量之後才好你的。」

問：「香港的社會，都崇拜商人，你認為是好現象嗎？」

答：「崇拜的都是成功的商人。那些失敗的，為甚麼不借鏡？資本社會之中，人人都在做生意。打的戰，也是經濟戰，不傷人命，比較文明。崇拜商人，沒甚麼不好；欣賞他們，層次較高。」

問：「你認為香港成功的商人，值得我們學習？」

答：「學習他們的奮鬥，但是不應該學習他們的生活方式。海外的成功商人，在致富的過程之中，也得到文化，所以紐約很多的猶太商人，家裏都有些名畫，或者他們也會搞一些環保活動。香港的，最多是遊艇多少呎，私人飛機直升機也捨不得買。」

問：「當今做一個成功的商人，有甚麼走向？」

答：「最流行的是捐錢了。西方由蓋茨帶頭，捐了很多。香港的邵爵士捐得比蓋茨早，有二十多億。美國人對過去商人的評價是：加迺基一生捐出很多歌劇院等文化事業，他是值得後人尊敬，而佐斯一毛不拔，雖然幾百億身家，也讓後人看不起了。反正是帶不走的，不如捐掉。」

問：「你會把錢捐出來嗎？」

答：「等我賺多一些。大家都這麼說，不過我想我一定會。」

問：「你算是一個成功的商人嗎？」

答：「不算。也永遠做不了。成功的商人，在過程中會有些出賣同伴的事，是甚麼，只有他們自己知道，我下不了手，所以做不了成功的商人。」

問：「那你還做來幹甚麼？」

答：「做來證明自己的想法沒有錯呀！」

問：「那麼失敗了怎麼辦？」

答：「所做的投資，都是我的經濟許可的數目，不會傷到老本。我這個年齡，已超過了冒險的階段，年輕人就可以試試看，我不能試，我一定要看準。雖然這麼說，還是看得不準的例子比較多。」

問：「這簡直不是在做生意嘛。」

答：「講得對，我不是在做生意，是在玩生意。」

流學生

我們家裏掛着一幅很大的畫，是劉海粟先生的《六牛圖》。「像我們一家。」爸爸常對我說：「你媽和我是那兩隻老的，生了你們四隻小的，轉過屁股不望人的那隻是你，因為你從來不聽管教。」

「你更像一隻野馬，馴服不了的那一隻，寧願死。」媽媽也常那麼罵我。

「他的反抗，是不出聲的。」哥哥加了一句。

「沒有一間學校關得住他。」姐姐是校長，口中常掛着學校兩個字。

我自認並不是甚麼反叛青年，但是不喜歡上學，倒是真的。並非我覺得學校有甚麼問題，是制度不好，老師不好。喜歡的學科，還是喜歡的。

對於學校的記憶，愉快的沒有幾件。最討厭是放假，和放完假又做不完的假期作業。

大楷小楷，為甚麼一定要逼我們寫呢？每次都是到最後幾天才畫符。大楷還容易，大字小字最好寫，畫筆少嘛。但那上百頁的小楷，就算給你寫滿一二三，也寫得半死。每次都是擔心交不出作業而發噩夢，值得嗎？我常問自己。有一天，發生了興趣，一定寫得好，為甚麼學校非強迫我做不可？這種事，後來也證實我沒錯。

數學也是令我討厭學校的一個很大的原因。乘數表有用，我一下子學會，但是幾何代數，甚麼 sin 和 cos 的，學來幹嗎？我又不想當數學家，一點用處也沒有。看到一枝計算尺，就知道今後一定有一個機器，一按鈕就知道答案，我死也不肯浪費這種時間。

好了，制度有它的一套來管制你：數學不及格，就不能升級。我也有自己一套來對抗，不升級就不升級，誰怕你了？

我那麼有把握，都是因為我媽媽也是校長，從前沒有 ICAC，學校和學校之間都有人情講，我媽認識我讀的學校的校長，請吃一頓飯，升了一年；到第二年，校長說不能再幫忙了，媽媽就讓我轉到另一家她認識的校長的學校去。校長認識校長，是當然的事。

所以我在一個地方讀書，都是留學。不，不是留學，而是流學，一間學校流到另一間學校去，屈指一算，我流過的學校的確不少。

除了流學，我還喜歡曠課，從小就學會裝肚子痛，不肯上學，躲在被窩裏看《三國》和《水滸》。當年還沒有金庸，否則一定假患癌症。

裝病的代價是吃藥，一病了媽就拉我去同濟醫院後面的「杏生堂」把脈抓藥，一大碗一大碗又黑又苦的液體吞進肚裏。還好是中藥，沒甚麼副作用。

長大了，連病也不肯假了，乾脆逃學去看電影，一看數場，把城市中放映的戲都看乾淨為止。爸又是幹電影的，我常冒認他的簽名開戲票，要看哪一家都行。

校服又是我最討厭的一種服裝。我們已長得那麼高大，還要穿短褲上學，上衣有五個銅鈕，洗完了穿上一顆顆扣，麻煩到極點；又有一個三角型的徽章，每次都被它的尖角刺痛。還不早點流學？

那麼討厭學校的人，竟然去讀兩間學校。

早上我上中文學校，下午上英語學校，那是我愛看西片，字幕滿足不了我，自願去讀英文。但英語學校的美術課老師很差，中文學校的劉抗先生畫的粉彩畫讓我着迷，一有時間就跑到他的畫室去學。結果我替一位叫王蕊的同學畫的那幅粉彩給學校拿去掛在大堂的牆壁上，數十年後再去找，已看不到；幸好我替弟弟畫的那張還在，當今掛在他房間裏。

體育更是逼我流學的另一原因，體育課不及格也沒得升級。我最不愛做運動，身高關係，籃球是打得好的，但我也拒絕參加學校的籃球隊。和那班四肢發達，沒頭沒腦的傢伙在一塊，遲早變豬玀。

當年還不知道女人為了荷爾蒙失調，會變成那麼古怪的一個人。那個老處女的數學老師，是整個學校最犯人憎惡的。

無端端地留堂，事事針對着我。我照樣不出聲，但一臉的瞧不起你又怎麼樣，使她受不了。

我們一群被她欺負得忍受不住的同學，團結起來，說一定要想辦法對付她。

生物課是我們的專長，我們畫的細胞分析圖光暗分明，又有立體感，都是貼堂作品，老師喜歡我們，解剖動物做標本的工作，當然交給我們去做。

那天剛好有個同學家的狗患病死去，就拿來做標本，用刀把牠開膛，先取出內臟。

再跑去學校食堂，借了廚房炒烏冬一樣粗的黃油麵，下大量番茄醬，一大包拿回生理課課室，用個塑膠袋鋪在狗體中，再把樣子血淋淋的炒麵塞進去。

把狗拖到走廊，我們蹲了下來，等老處女走過，就挖那些像腸子的麵來生吞活剝，一口一口吃進肚子，口邊沾滿紅色，瞪着眼睛直望那老處女，像在說下個輪到你。

老處女嚇破了膽，從此不見她上課，直到另外一個老處女來代替她為止。

水果

問：「你喜歡哪一種水果？」

答：「關於美食，別人問來問去，太過籠統，縮小成一項水果，我倒有興趣回答。我可以說，凡是甜的水果，我都喜歡。」

問：「為甚麼只是甜的，酸的不行嗎？」

答：「水果給我的印象，是甜的。道理就那麼簡單。」

問：「好，就集中談甜水果，有沒有『最』喜歡的？」

答：「像女人一樣，要選『最』很難。」

問：「那麼舉其中一種為例吧。」

答：「榴槤。」

問：「是不是因為你在南洋長大？」

答：「有絕對的影響。」

問：「那麼有甚麼不吃的？」

答：「黃梨。台灣人叫鳳梨，香港人稱為菠蘿，我不吃。」

問：「為甚麼？」

答：「我小時候去馬來西亞旅行，看到一大片菠蘿田，工人收割後就放在路邊，堆積如山，任何人來偷吃也不管。我們把車子停下，沒有刀，把菠蘿摔在路上，打碎了來吃，一連吃十幾個，菠蘿的纖維把我的嘴都刮破了，又酸個要命，從此對它印象極壞，絕不去吃。當今有人提起菠蘿兩個字，我敏感得從髮根流出汗來，不相信，你現在摸摸看。」

問：「哈哈，果然是濕的，真厲害！饒了你，說回你愛吃的吧，你每年帶人到日本吃水蜜桃，難道真的那麼好？」

答：「從小聽到人家說，最好的水蜜桃，只要用吸管往它一插，就能吸出汁來。我打聽了很久，最後有一個山東人說那兒的水蜜桃果然如此，就跟他去了，到了之後，果園主人採下一顆，用手拼命去按摩，擠得它差點爛掉，拿小管一插，叫我吸，我看他手那麼髒，才不敢呢。日本水蜜桃，岡山種的才好，的確美味。」

問：「還有甚麼？我逐樣數好不好？木瓜呢？」

答：「我只愛夏威夷種，它有一股清香；其他地方種的，我多數搾汁來喝。吃完了辣的東西，一定要用木瓜去中和，才無後患。」

問：「荔枝呢？」

答：「我組織了一個旅行團到增城去，發現所謂的掛綠，都已變了種，反而沒有在東莞吃到的那麼甜。樹上採的，經過日曬，不好吃，不如買回來在雪櫃中凍它一凍那麼美味。龍眼也是一樣的。」

問：「葡萄呢？」

答：（笑）「當然酸的不吃。最甜的葡萄，是澳洲產的Sultana。吃新鮮的固然好，在樹上曬成的葡萄乾也不錯，沒有核。另一種美國的黑色葡萄，有個

4038的號碼，也是最甜。」

問：「芒果呢？」

答：「有種又小又綠又醜的台灣芒果最好，通常的吃法是一買一大籮，回來後在地上鋪報紙，又擺一桶水，把濕毛巾放在旁邊。這種芒果會吃上癮，愈吃愈愛吃，吃個不停。到最後吃光了，洗完手用毛巾一擦身體，流出來的汗，也是黃色的。」

問：「草莓呢？」

答：「不太吃，怕酸，後來去了日本在冬天吃。」

問：「草莓是夏天的果實呀！」

答：「日本人説夏天果實太多，冬天缺少，就一二三聯合起來，冬天在溫室中種。我起初也不相信會是甜的，後來試了一口，居然不酸。但還是擔心，要沾着煉奶，才肯吃。」

問：「溫室蜜瓜，不會不甜吧？」

答：「你錯了，也有些不夠甜的，所以買日本蜜瓜，一定要選『一棵一果』的，那就是枝上長出許多小蜜瓜的時候，把其他的都剪掉，只剩一個，讓充足的糖份供養，那麼一定甜。切開後，還真的看到果肉內有一層蜜呢。」

問：「西瓜呢？」

答：「夏天的恩物，但也要冷了才好。古人已經學會把西瓜放在井裏去凍過夜。四方形西瓜，金字塔形西瓜，都是綽頭，看看就行，不必去試。」

問：「橙呢？」

答：「新奇士的，我也嫌酸。去墨西哥的時候吃到的又醜又小的橙，最甜了。台灣的柳丁不錯，泰國也有一種醜的綠橙，很甜。其他的都不吃。」

問：「橘子呢？」

答：「多數信不過，很少去碰。偶爾看到所謂的『砂糖橘』，又醜又小，可以吃。」

問：「柿子呢？」

答：「只吃熟透，又軟又多汁的；甜的柿乾，也喜歡。」

問：「有沒有偏門一點的？」

答：「南洋有一種叫『尖必辣』的水果，外形像個迷你大樹菠蘿，割開皮，裏面有數十顆果實，像吃榴槤一樣吸噬。已有幾十年沒嚐到這種美味，這次去了檳城再吃到，真甜，又香，核子還可以拿去煮熟，比栗子還要好吃，最喜歡了。」

戰爭

問：「你反不反戰？」

答：「我很高興你問我這個話題，其他記者問來問去只是吃吃喝喝，毫無新意。反戰？我當然反戰。戰爭是最野蠻的事，已不合時宜。」

問：「那麼為甚麼現在還有戰爭？」

答：「為了霸權，為了貪婪，為了以宗教為名的面子問題。戰爭只會發生在最落後的國家。」

問：「美國還在打伊拉克呀！」

答：「當年伊拉克侵略科威特。美國人主張伸正義，一直打到殺死胡森為止，全球都會支持他們。當今用的大量殺傷武器為藉口，就是霸權了，沒有人會同情的。」

問：「美國人打得贏嗎？」

答：「一定吃敗仗，像越南戰爭一樣，到最後只有退出這場戰爭。弱國只要和強國打長久戰，就會贏。」

問：「為甚麼你說戰爭是不合時宜呢？」

答：「從前的戰爭，是搶掠。皇帝不會做生意，只有靠搶了，不然國家不能壯大。當今只要買賣做得好，就會變成強國，打甚麼仗呢？你要知道，打仗是最花錢的一件事，投下一顆普通炸彈，至少要十幾萬港幣。」

問：「打仗會打窮人嗎？」

答：「打仗不只打窮人，而且會打弱一個帝國。從前的大英帝國，世界各地都有他們的殖民地，稱為不落日之國，但是他們在打馬來亞馬共的一場仗上，就把整個帝國打垮了。英國人古板，星期一三五投彈，馬共二四六才跑出來作戰，結果不是照樣打輸。」

問：「其他的殖民地呢？」

答：「都是因為當地人民造反，英國人算盤打了一下，知道在鎮壓反抗的投資，沒有在殖民地的收入那麼多，就不打了。法國、西班牙、葡萄牙，都是一樣。」

問：「美國也是同一個道理？」

答：「對。在伊拉克花的錢一年比一年多，說甚麼都不划算時，就會選出一個新總統來挽回失敗的面子。不會再打。」

問：「那麼天主教和伊斯蘭呢？」

答：「從前也打過呀，互相得不到利益時，就有和平。當今的這一場，不會大打的。和平在你我這個世代是看不到的，歷史總會讓他們停止爭論。」

問：「資本主義和共產主義那一場呢？」

答：「早就不打了。以共產主義為名的極權政府，都經濟沒落，社會窮死人，就會倒台，蘇聯如此，東歐諸國如此，跑出一個政治開明的領袖，一切崩潰。像戈爾巴喬夫，他實在是一個英雄，因為不早死，大家沒看重他，等他一過世，就有人歌頌。」

問：「北韓的領袖是一個暴君，為甚麼沒人推翻他？」

答：「這是西方人與東方人的分別。前者個性較為強悍，斷頭灑血的例子較多；後者個性懦弱，又受儒家思想緊緊地捆綁。改朝換代在歷史上發生過，但在近代，多數是要等到壞人死掉，才有新局面出現。」

問：「日本人呢？他們為了這次北韓的核試，有走向軍國主義復甦的趨勢，他們危不危險？」

答：「不危險。日本在戰後能夠變成強國，也是做生意做出來的，他們很清楚戰爭的昂貴，絕不會輕舉妄動。而且，當今強國之間打仗，不像在越南和伊拉克那樣用便宜的武器。當今投的是核子彈，一下子完蛋。」

問：「台灣和大陸呢？」

答：「更沒得打。馬英九答應如果當選，就不提台獨，修好兩岸關係，條件是大陸沿岸的飛彈不對着他們。這容易，假裝撤走好了，反正當今的飛彈，哪裏都飛得到去。」

問：「俄國和大陸呢？」

答：「俄羅斯窮得要死，哪有力量和經濟愈來愈強大的大陸對抗？這幾十年內，絕對打不起來。」

問：「關於戰爭，你口口聲聲說與錢有關，是不是深受資本主義影響？」

答：「深受傳統思想影響才對。我小時候受的教育，都說做人要清高，有沒有錢並不重要；幾十年後我才明白，錢對人生質素的提高，有絕對的幫助。我已經不必諱言，窮的日子是不好過的。喜歡錢，要多一點錢，並不是罪惡。只要取之有道，就對得起自己。做人要清高，但也得把日子過得好一點。古時候的人窮，才打起仗來。當今的人怕窮，才不去打仗。」

問：「那你對經濟侵略有甚麼看法？」

答：「經濟戰，打不死人。凡是濫殺無辜的我都反對。經濟戰只為了賺錢，你有本事就去賺給我看看，我不討厭會賺錢的國家和人，但也不會去奉承他們。」

問：「但是，如果你的國家遭受到侵略呢？」

答：「為國犧牲，當今只是一件高度假設的事，我說過，只有窮的地方才會打起仗來，我看不到現居的地區中有甚麼地方會打仗。除非是移民到非洲小國去。」

問：「那你到底是不是反戰嗎？」

答：「我一早回答，我是反戰的，最反對的還是殺戮無辜，要是我處於那麼一個環境，披上戰袍，是理所當然。」

訪問

日本有家相當有份量的週刊，發了幾個傳真過來，說要做一個訪問。事先，他們把想寫的主題告訴我，問的是有關一九九七，香港歸還大陸之後，對民生有甚麼影響？至於電影事業，會不會依然走商業路線？寫作方面，有沒有之前的自由？出版社敢不敢甚麼書都出，或者他們將走自我檢查的路子？

我一看這些問題，都是千篇一律，在多次訪問中，我忘記回答多少次了。好，來就來，再講一遍，也不會死人，問就問，照答可也。但問題還是不斷。

雜誌的預約，是三個月前，我行蹤不定，哪知道九十天後在哪裏？

禮尚往來，人家老遠傳真，他們有權問，我也有權拒絕。給人家一個答覆總要的，便說不能肯定某年某月某日，是否會在香港，如果貴社尚有興趣做，可在日後再做決定。

接着，這家雜誌每隔三五天便來一個傳真，想要一個確實的答覆。其間，我人到紐約看景、回新加坡探母、到澳洲拍戲，總回答：遲點再説。

結果，明確了返港日期，便告訴對方可在辦公室中做這個訪問。

一有答案，雜誌社的傳真更勤，要求在前三天，先拍我在香港各地照片，最後做訪問。

我回答説沒時間拍三天照，要拍的話，可以在辦公室中做訪問時同時進行。

對方又要求了數封傳真，我還是堅守自己的立場。

終於他們放棄，説只做一個訪問，但需要兩個小時，日子地點再三確定。

又來傳真，告訴我他們的飛機班次，住甚麼旅館，房間號碼抵港後才知道，但訂的是單人房三間等等。

臨來香港之前，訪問者又來傳真，要求先通一次電話。到此地步，我甚麼都答應。

鈴響。

「喂。」我說。

訪問者一連串的問題，擔心這，擔心那，我一一回答，他聽了我的聲音，似乎安心許多，就掛了電話，

大日子來臨，在約好時間的一個小時之前，這群人搬了很重的攝影器材，爬上沒有電梯的三樓辦公室，氣喘喘地報到。

一個做訪問，一個拍照，一個打燈光。

訪問者是個矮小戴眼鏡，約三十多歲的人，他眼光浮游，沒有一個焦點，一見面，依足日本人傳統，先遞上一張名片。

攝影師滿臉鬍鬚，身上掛着三個同樣的藝康F2相機，裝着不同的鏡頭。一走進房間便這個角度那個角度看看，拉了一張椅子，爬高俯視，躺在地板上仰拍。

燈光師像他的影子，攝影師走到哪裏他跟到哪裏，然後他到處找插蘇，拿出一個笨重的變壓器，將香港的二百二度轉成日本的一百一電壓。

「我們可以一面做訪問一面拍照片嗎？」訪問者問。

我點頭。

攝影師顯然不喜歡辦公室的照明，先將我身後的窗子百葉簾關上。燈光師這裏一枝那裏一枝地打光，但不合攝影師的心意，向他大喝一聲：「馬鹿野郎，幹了那麼久，連這幾枝燈都打不好！」

燈光師打躬作揖，重新來過。

訪問者正正經經地坐在我對面，拿出一個很精巧的錄音機放在桌上，按了掣，才問我：「你介不介意我錄音？」先斬後奏，還問甚麼鳥？但我裝出微笑，做一個請便吧的手勢。

訪問者開口：「據我們調查的共產黨歷史，他們解放一個都市之後，一定讓人民有言論的自由，這便是所謂的百花齊放了。這段時間維持五年，之後共產黨就開始他們的鐵腕政策，把批評他們的人都清算，這也就是所謂的秋後算賬。一九九七之後，香港歸還大陸，同樣事情也會發生，您說是不是呢？」

他媽的，我還沒有回答，這傢伙已準備好了答案，只問說是不是罷了，我正要開口，攝影師的閃光燈亮個不停，他在同一個角度，用同一個鏡頭，一拍就拍完那筒三十六張的菲林。之前，他還用即影即有的器材，先拍一張樣板給我看。

第二個問題，第三個問題，訪問者依樣畫葫蘆地，問題問得長若纏腳布。問完之後，他又一口氣地發表對此事的看法如何。

攝影師一筒筒地謀殺菲林。

訪問完畢。

三個人站了起來，排成一字形的隊伍，向我做九十度的鞠躬，功成告退。

微笑送客，發現整個兩小時的訪問，我連一句話也沒説過。

做人

不知道是甚麼時候，我變成了食家

大概是在《壹週刊》寫餐廳批評開始的。我從不白吃白喝，好的就說好，壞的就說壞，讀者喜歡聽吧。

我介紹的不只是大餐廳，街邊小販的美食也是我推崇的，較為人親近的緣故。為甚麼讀者說我的文字引人垂涎？那是因為每一篇文字，都是我在寫稿寫到天亮，肚子特別餓的時候下筆。秘訣都告訴你了。

被稱為「家」不敢當，我更不是老饕，只是一個對吃有興趣的人，而且我一吃就吃了幾十年，不是專家也變成專家。

我們也吃了幾十年呀！朋友說。當然，除了愛吃，好奇心要重，肯花功夫一家家去試，記載下來不就行嗎？每一個人都可以成為食家的呀。

不知道是甚麼時候，我變成了茶商

茶一喝也是數十年。我特別愛喝普洱茶，是因為來到香港，人人都喝的關係，普洱茶只在珠江三角洲一帶流行，連原產地的雲南人也沒那麼重視。廣東人很聰明，知道普洱茶去油膩，所以廣東「瘦」人還是多過胖子。

不過普洱茶是全發酵的茶，一般貨色有點霉味，我找到了一條明人古方，調配後生產給友人喝，大家喝上癮來一直向我要，不堪麻煩地製出商品，就那麼糊裏糊塗地成為茶商。

不知道是甚麼時候，我賣起零食來

也許是因為賣茶得到了一點利潤，對做生意發生了興趣。想起小時奶媽廢物利用，把飯焦炸給我們吃，將它製成商品出售而已。

不知道是甚麼時候，我開起餐廳來

既然愛吃，這個結果已是理所當然的事。在其他食肆吃不到的豬油，只有自己做。大家都試過捱窮吃豬油撈飯的日子，同道中人不少，大家分享，何樂不為？

不知道是甚麼時候，我生產醬料

幹的都和吃有關的東西，又看到XO醬的鼻祖韓培珠的辣椒醬給別人搶了生意，就兜起她的興趣，請她出馬做出來賣。成績尚好，加多一樣鹹魚醬。鹹魚雖然大家都說會生癌，怕怕，但基本上我們都愛吃，做起來要薑蔥煎，非常麻煩，不如製為成品，一打開玻璃罐就能進口，那多方便！主意便產生了。

不知道是甚麼時候，我有了一間雜貨店

各種醬料因為堅持不放防腐劑，如果在超級市場分銷，沒有冷藏吃壞人怎麼辦？只好弄一個檔口自己賣，請顧客一定要放入冰箱，便能達到衛生原則，所以就開那麼小小的一間。租金不是很貴，也有多年好友謝國昌一人看管，還勉強維持。接觸到許多中環佳麗來買，說拿回家煮個公仔麵當餸菜，原來美人也有寂寞的晚上。

不知道是甚麼時候，我推銷起藥來

在澳洲拍戲的那年，發現了這種補腎藥，服了有效，介紹給朋友，大家都要我替他們買，不如就代理起來。澳洲管制藥物的法律極嚴，吃壞人會給人告到仆街，這是純粹草藥煉成，對身體無害，賣就賣吧。

不知道是甚麼時候，我寫起文章來

抒抒情，又能賺點稿費幫補家用，多好！稿紙又不要甚麼本錢的。

不知道是甚麼時候，我忘記了老本行是拍電影

從十六歲出道就一直做，也有四十年了，我拍過許多商業片，其中只監製了三部三級電影，便給人留下印象，再也沒有人記得我監製過成龍的片子，所以也忘記了自己是幹電影的。

這些工作，有賺有虧，說我的生活無憂無慮是假的，我至今還是兩袖清風，得努力保個養老的本錢。

「你到底是甚麼身份？電影人？食家？茶商？開餐廳的？開雜貨店的？做零食的？賣柴米油鹽醬的？你最想別人怎麼看你？」朋友問。

「我只想做一個人。」我回答。

從小，父母親就要我好好地「做人」。做人還不容易嗎？不。不容易。

「甚麼叫會做人？」朋友說：「看人臉色不就是？」

不，做人就是努力別看他人臉色，做人，也不必要給別人臉色看。

生了下來，大家都是平等的。人與人之間要有一份互相的尊敬。所以我不管對方是甚麼職業，是老是少，我都尊重。

除了尊敬人，也要尊敬我們住的環境，這是一個基本條件。

看慣了人類為了一點小利益而出賣朋友，甚至兄弟父母，也學會了饒恕。人，到底是脆弱的。

年輕時的嫉惡如仇時代已成過去。但會做人並不需要圓滑，有話還是要説的。為了爭取到這個權力，付出的甚多。現在，要求的也只是盡量能説要説的話，不卑不亢。

到了這個地步，最大的缺點是已經變成了老頑固，但已經練成百毒不侵之身，別人的批評，當耳邊風矣。認為自己是一個人，中國人美國人都沒有分別。願你我都一樣，做一個人吧。

酒

訪問這種事，有時報紙和雜誌都來找你。忽然，靜了下來，幾年沒一個電話。後來接受一個，其他傳媒又一窩蜂湧前，都是同樣的問題，我回答了又回答，已失去新鮮感，所以盡量將答案寫了下來，讓來訪問的人做參考。有些答案，從前的小品文中寫過，未免重複，請各位忍耐。

「這篇東西，除了你的生日是何時之外，甚麼都沒説到。」前一陣子一位記者到訪，我把稿交給她時，她這麼説。

好。有必要多寫幾篇。最好分主題，你要問關於吃的，拿這一份去，要問穿的？這裏有完全的資料。

大家方便，所以今後還會繼續預計對方所提的問題，作出回覆，今後你我見面之前，我先將訪問自己的稿件傳真給你，避免互相浪費時間。

不知何時開始，我總給人家一個愛喝酒的印象，這一個部份，我們就談酒吧。

問：「你臉紅紅的，喝了酒嗎？」

答：「沒有呀。天生就是這一副貓樣，從前的人，見到我這種人，就恭喜我滿面紅光；當今，他們劈頭一句：你血壓高。哈哈哈哈。」

問：「真的沒有毛病？」

答：「一位幹電影的朋友轉了行，賣保險去，要求我替他買一份。看在多年同事的份上，我答應了。人生第一次買，不知道像我這個年紀，要徹底地檢查身體才能受保，驗出來的結果，血壓正常，也沒有愛滋病。」

問：「膽固醇呢？」

答：「沒過高。連尿酸也驗過，好在不必自己口試，都沒毛病。」

問：「你最喜歡喝的是哪一種酒？白蘭地？威士忌？紅酒？白酒？」

答：「愛喝酒的人，有酒精的酒都喜歡，最愛喝的酒，是與朋友和家人一齊喝的酒。」

問：「你整天臉紅，是不是醒着的時間都喝？」

答：「給人家冤枉得多，就從早上喝將起來，飲早茶時喝土炮孖蒸，難喝死了，但是蝦餃燒賣顯得更好吃了。飲茶時喝孖蒸最好。」

問：「有些人要到晚上才喝，你有甚麼看法？」

答：「有一次倪匡兄去新加坡，我媽媽請他吃飯，拿出一瓶白蘭地叫他喝，他說他白天不喝酒的，我媽媽說現在巴黎是晚上，你不喝，我喝，結果我們大家都喝了。」

問：「大白天喝酒，是不是很墮落？」

答：「能夠一大早就喝酒的人，代表他已經是一個可以主宰自己時間的人，是個自由自在的人，是很幸福的。他不必為了要上班，怕上司看到他喝酒而被炒魷魚，他也不必擔心開會時遭受對方公司的人側目。這一定是他爭取回來的身份，他已付出了努力的代價現在是收穫期。人家是白晝宣淫，這些人是白晝宣飲，哈哈哈哈。白天喝酒，是因為他們想喝就喝，不是因為上了酒癮才喝，怎麼會是墮落？替他高興還來不及呢。」

問：「你會不會追酒喝？」

答：「那是被酒喝的人才會做的事，我是喝酒的人。」

問：「甚麼是喝酒的人？」

答：「喝夠即止，是喝酒的人。」

問：「甚麼叫做喝夠即止，能做到嗎？」

答：「這是意志力的問題。我的意志力很強，做得到喝到微醉，就不再喝了。」

問：「甚麼叫醉？請下定義。」

答：「是一種輕飄飄的感覺。有點興奮，但不騷擾別人；話說多了，但不搶別人的話題。真情流露，略帶豪氣，十二萬年無此樂，叫做醉。」

問：「醉得有暴力傾向，醉得嘔吐呢？」

答：「那不叫醉，叫昏迷。」

問：「你有沒有昏迷的經驗？」

答：「一次。數十年前我哥哥結婚，擺了二十圍酒，客人來敬，我替大哥擋。結果失去知覺，醒來時，像電影的鏡頭，有兩個臉俯視着我。原來是被抬到新婚夫婦的床上，影響到他們的春宵，真丟臉。從此不再做這種傻事。」

問：「如果第二天醒來，發現身旁睡着個裸女，不知道做了還是沒有做，那應該怎麼辦？」

答：「再確定一次，不就行嗎？哈哈哈。」

問：「你的老友倪匡和黃霑都已經不喝酒了，你還照喝那麼多嗎？」

答：「黃霑是因為有痛風而不喝的。倪匡説人生甚麼事都有配額，他的配額用完了。我還好，還是照喝。喝少了一點倒是真的。我不能接受有配額的説法，我相信能小便就能做那件事，看看對方是甚麼人罷了。」

問：「現在流行喝紅酒，你有甚麼看法？」

答：「太多人知道紅酒的價錢，太少人知道紅酒的價值。」

問：「我碰不了酒，很羨慕你們這些會喝酒的人，我要怎樣才了解你們的歡樂？」

答：「享受自然醉去。」

問：「甚麼叫自然醉？」

答：「熱愛生命，對甚麼東西都好奇，拼命問。問得多了，了解了，腦中產生大量的嗎啡，興奮了，手舞足蹈了，那就是自然醉，不喝酒也行，又達到另一種境界。」

茶

問：「茶或咖啡，選一樣；你選茶，咖啡？」

答：「茶。我對飲食，非常忠心，不肯花精神研究咖啡。」

問：「最喜歡甚麼茶？」

答：「普洱。」

問：「那麼多種類：鐵觀音、龍井、香片，還有錫蘭茶，為甚麼只選普洱？」

答：「龍井是綠茶，多喝傷胃；鐵觀音則是發酵到一半停止的茶，很香，只能小量欣賞才知味；普洱則是全發酵的，愈舊愈好，沖得怎麼濃都不要緊。

「我起身就有喝茶的習慣，睡前也喝，別的茶反胃，有些妨礙睡眠，只有普洱沒事。我喝得很濃，濃得像墨汁一樣。我常自嘲說肚子內的墨汁不夠。」

問：「普洱有益嗎？」

答：「飲食方面，廣東人最聰明，雲南產普洱，但整個中國只有廣東人愛喝，它的確能消除多餘的脂肪，吃得飽脹，一杯下去，舒服無比。」

問：「那你自己為甚麼還要搞甚麼『暴暴茶』？」

答：「這個故事說起來話長。普洱因為是全發酵，有一股霉味，加上玫瑰乾蕾就能辟去，我又參考了明人的處方，煎了解酒和消滯的草藥噴上去，焙過，再噴，再焙，做出一種茶來克服暴飲暴食的壞習慣。起初是調配來給自己喝，後來成龍常來我的辦公室試飲，覺得很好喝。別人也來討了，煩不勝煩。」

問：「你甚麼時候開始把它當成商品，又為甚麼令到你有做茶生意的念頭？」

答：「有一年的書展。書展中老是簽名答謝讀者沒甚麼新意，我就學古人路邊施茶，大量泡『暴暴茶』給來看書的人喝。主辦當局說人太多，不如賣吧，我說賣的話就違反施茶的意義，不過賣也好，捐給保良局。那一年兩塊錢一杯，一賣，就籌了八百塊，我的頭上噹的一聲亮了燈，就將它變成商品了。」

問：「為甚麼叫為『暴暴茶』？」

答：「暴食暴飲也不怕呀！所以叫『暴暴茶』。」

問：「你不認為『暴暴茶』這個名字很暴戾嗎？」

答：「起初用，因為它很響。你說得對，我會改的，也許改為『抱抱茶』吧。我喜歡抱人。」

問：「為甚麼你現在喝的是『立頓』茶包？」

答：「哈哈，那是我在歐洲生活時養成的習慣，那邊的人除了英國，大家都只喝咖啡，沒有好茶。隨身帶普洱又覺煩，乾脆買些茶包，要一杯滾水自己搞掂。在日本工作時，他們的茶也稀得要命，我拿出三個茶包弄濃它，不加糖，當成中國茶來喝，喝久了上癮，早晚喝普洱，中午喝立頓。」

問：「你本身是潮州人，不喝功夫茶嗎？」

答：「喝。自己沒有功夫，別人泡的我就喝。我喝茶喜歡用茶盅。家裏有春夏秋冬四個模樣的，現在秋天，我用的是佈滿紅葉的盅。」

問：「你喝茶的習慣是甚麼時候養成的？」

答：「從小。父親有個好朋友叫統道叔，到他家裏一定有上等的鐵觀音喝。統道叔看我這個小鬼也愛喝苦澀的濃茶，很喜歡我，教我很多關於茶的知識。」

問：「令尊呢，喝不喝茶？」

答：「家父當然也愛喝，還來個洋腌尖，人住南洋，沒有甚麼名泉，就叫我們四個兒女一早到花園去，各人拿了一個小瓷杯，在花朵上彈露水，好不容易才收集幾杯拿去沖茶。爐子裏面用的還是橄欖核燒成的炭，説這種炭，火力才夠猛。」

問：「你喝不喝龍井或香片的？」

答：「喝龍井。好的龍井的確引誘死人。不喝香片。香片北方人才欣賞，那麼多花，已經不是茶，所以只叫香片。」

問：「日本茶呢？」

答：「喝。日本茶中有一味叫『玉露』的，我最愛喝了。『玉露』不能用太滾的水來沖，先把熱水放進一個叫Oyusame的盅中冷卻一番，再把茶浸個兩三分鐘來喝，味很香濃，有點像在喝湯。」

問：「台灣茶呢？他們的茶道又如何？」

答：「台灣人那一套太造作，我不喜歡。茶葉又賣得貴得要命，違反了喝茶的精神。」

問：「你喝過最貴的茶，是甚麼茶？」

答：「大紅袍。認識了些福建茶客，才發現他們真是不惜工本地喝茶。請我的茶葉，在拍賣中叫到十六萬港幣，而且只有兩百克。」

問：「真的那麼好喝嗎？」

答：「的確好喝。但是叫我自己買，我是付不出那麼高價錢。我在九龍城的『茗香』茶莊買的茶，都是中價貨。像普洱，三百塊一斤，一斤可以喝一個月，每天花十塊錢喝茶，不算過份。一直喝太好的茶，就不能隨街坐下來喝普通的茶，人生減少許多樂趣。茶是平民的飲品，我是平民，這一點，我一直沒有忘記。」

婚姻

問：「對婚姻的看法？」

答：「沒有人比英國作家王爾德講得更好：男人結婚，因為他們疲勞了；女人結婚，因為她們好奇。兩者都失望。哈哈哈哈。」

問：「對這制度的看法？」

答：「相當地野蠻，愈文明愈野蠻的一種制度。一定是清教徒式的人想出來的，或者是性能力極弱，一個女人都對付不了的男人想出來的。」

問：「你反對一夫一妻？」

答：「我看過很多受害者的例子。現實生活中，我有一位長輩一直瞞着太太在外邊有另外一位妻子，並生育兒女。這位長輩去世，事件爆發，太太很傷心。

如果沒有這種野蠻的制度，悲劇便不會發生。長輩錯了嗎？第二位太太錯了嗎？不！是設計這種制度的人錯了。我父親曾經告訴過我，在他那一輩子的人，見了面，不問『你好嗎？』，是問『娶了多少個奶？』，才短短的四五十年，便搞成這個樣子。要是這位長輩早生了一點，天下太平。」

問：「不是一夫一妻的話，社會不會引起混亂嗎？」

答：「你甚麼時候看到回教徒的社會引起混亂的？他們的制度是一夫四妻，有能力的男人就允許這麼做。這一點，我很佩服回教徒的聰明。他們的智慧是高過其他宗教與法律的。

「相反，在西藏山區，目前還有一妻多夫的制度，為了令羊群不分散，為了兄弟之間的和睦，不單四個，六七八個丈夫也能相安無事地服侍一個老婆。你要是反對回教徒一夫四妻的婦權分子，快到西藏去吧！」

問：「那麼你是贊成濫交的？」

答：「問題並不在於濫不濫交。有些人的遺傳基因是生出來播種的，他們的性能力特別強，精子也優秀，所以一個女人不能滿足這種人。要用婚姻制度來限制他們，是野蠻的行為。」

問：「不怕愛滋病？」

答：「做好安全措施，有甚麼好怕的？」

問：「女人總是想嫁的，要是嫁不出去怎麼辦？」

答：「因為大家都結婚，這些人沒有嫁過，所以想嫁，就是王爾德所講的好奇了。當今社會嫁不出去的女人很多，她們不是第一個。甚至於不結婚生兒育女，現在也相當流行，沒甚麼了不起的。不嫁就不嫁嘛。為甚麼要為了一個愚蠢的制度去煩惱？」

問：「那為甚麼還有那麼多人趕去結婚？為甚麼他們要結婚？為甚麼他們會結婚？」

答：「一時的沖昏了頭腦。愛到濃時，只想和這個人二十四小時長相廝守，大家就結婚了。要是能保持清醒，當然不會糊裏糊塗地走進教堂。」

問：「你相信離婚這一回兒事嗎？」

答：「不相信。」

問：「不相信？」

答：「不相信。因為這是一種承諾，我不相信答應過的事不遵守的。現在已沒有指腹為婚的事。你結婚，因為你愛過，沒有人用槍指着你的頭。」

問：「但是人總會變的呀！」

答：「不錯，所以結了婚就要期待對方的轉變，去適應對方，或者讓對方適應你。如果改變到大家都成為一個不同的人，那麼你已經不是對這個人作過了承諾，可以離婚。離婚有種種理由，最直接又最爽快的是不能容忍的意見分歧。如果有自由的婚姻制度，那麼就應該接受這個單純的理由，別再拖泥帶水，折磨他們。一二三，就那麼簡簡單單地讓兩個永遠痛苦的人分開好了。」

問：「子女呢？」

答：「問得好，最應該考慮的是下一代，為了他們而勉強在一起，甚無奈，但也是要接受的事實。所以我勸喻對婚姻制度沒有信心的人，即使結了婚，也不要生孩子。」

問：「到底有沒有完美的婚姻？」

答：「有的。我父母就是一個例子，他們真是白頭偕老。看到許多老夫老妻手牽手散步的情景，我心中便起了一陣陣的溫暖。他們在一起，並不是婚姻的制度，是一對老伴，也許其中有很多無可奈何的意見分歧，但始終接受對方的缺點，愛護和關懷，多過一切。」

問：「你贊成婚外情？」

答：「舉手舉腳贊成。婚外情能增加許多婚內情的情趣。偶而來一下，不傷大雅。結了婚幾十年，性行為變成單調，有些變化總是好的。不過絕對不能讓對方知道。而且，丈夫有了婚外情，就要允許妻子有同樣的權利。」

問：「問了你那麼多關於婚姻的事，還沒問過你本人結了婚沒有？」

答：「結過。在法律上。」

旅行

問：「你說你已經不會回答重複的問題，我記得你還沒有說過旅行，我們聊聊這一方面好嗎？」

答：「一講起旅行，許多人都會問我：你有甚麼地方沒去過？真可嘆。我沒去過的地方多矣！每次坐飛機，都喜歡讀機內雜誌，各國航空地圖對自己國內航線的地圖畫得最清楚，我看到那些密密麻麻的小鎮名字，就知道自己多活三輩子，也肯定走不完的。」

問：「你最喜歡的是哪一個國家？」

答：「這也是最多人問的問題之一，和問我最喜歡吃甚麼地方的菜一樣。我的答案非常例牌，總是說最喜歡吃的菜，是和好朋友一齊吃的菜，最喜歡的國家，是有好朋友的國家。並非敷衍，事實也是如此，每一個國家都有她的好處和缺點，很難以一個『最』字來評定。」

問：「最討厭的國家呢？」

答：「最討厭那些海關人員給我嘴臉看的國家。老子來花錢，為甚麼要看你那些不瞅不睬的嘴臉？你是官，管自己的人民好了。我是客，至少要求自己的尊嚴。」

問：「那麼下一次你就不會再去？」

答：「不。會再去。每一個國家的人，都有好有壞，不能一棍子打沉一條船。」

問：「像前南斯拉夫那種窮鄉僻壤，你也住過一年，為甚麼不選歐洲更好的國家住？」

答：「那是為了工作不得不住那麼久，但是我也愛上你所謂的窮鄉僻壤。住一個地方，愈住愈討厭是消極的；發現她更多的好處也是另一種想法。所以我常說，天堂是你自己找出來的，地獄也是你自己挖出來的。」

問：「怎樣找？」

答：「從食物着手是一個好的開始，有很多你沒吃過的東西，有很多你沒嘗過的煮法。觀察他們的生活方式，研究他們的歷史等等，都是空談，最好的辦法，是和土女交朋友。」

問：「要是東西不好吃，女人難看呢？是不是可以舉一個實例來說明？」

答：「我到尼泊爾去，就能學習顏色的看法。尼泊爾一切都是灰灰黃黃地，當地人也覺得單調，染出來織布的繩線顏色非常鮮艷和大膽，衝撞得厲害，也不覺得不調和，這對於我畫畫很有幫助。」

問：「從旅行，你還能學到甚麼東西？」

答：「學到謙虛和不貪心，我最愛重複的有兩個故事：一個是我在印度山上，土女整天燒雞給我吃，我問她有沒有吃過魚？她說甚麼是魚？我畫了一條給她看，說你沒吃過魚，真是可惜。她回答說：我沒吃過魚，有甚麼可惜？另外一個故事是發生在西班牙的小島上。一早出來散步，遇到一個老嬉皮在釣魚，地中海清澈見底，我看到他面前魚群很小尾，在另一邊的很大，我向他說：喂，老頭，那邊的魚大，去那邊釣吧。你知道他怎麼回答？他說：我釣的，只是午餐。」

問：「去完一個地方，回來可以做些甚麼？」

答：「最好是以種種方式把旅行的經驗記錄下來，能用文字的人寫出來好了。或者畫畫，不然用相機拍，總是要留些回憶，儲蓄來在老的時候用。忘得一乾二淨的話，以後坐在搖椅上，兩隻眼睛空空地望着前面，甚麼美好東西都想不起，是很可悲的。」

問：「你是不是一定要住最好的、吃最好的？」

答：「旅行分層次，年輕時拼命吸收的旅行，任何條件都不在乎。就算頭頂上沒有一片瓦，背袋當枕頭也能照睡。經濟條件得到改善，便要求吃得更好，住得更好，這是必然的。但是當你有了高級享受，就失去了刺激和衝動。每一個層次都有它的好處和缺點，不過一有機會便要即刻動身，不能等。」

問：「對於目的地的選擇呢？」

答：「沒去過的地方，哪裏都好，可從到新界開始，再發展到澳門，星馬泰，要避免去假地方。」

問：「甚麼叫假地方？」

答：「像日本九州的豪斯坦堡，很多香港人去，我就覺得乏味，它是一個假荷蘭，説是一切依足建築，但是走進大堂，就看到『出口』、『入口』的牌子，還有『非常口』呢。荷蘭人哪會用漢字？真正的荷蘭，也不過是十二小時的直飛。世界已小，不能浪費在假地方上。」

問：「到一個地方去，事前要花甚麼功夫？」

答：「買所有的參考書來看，詳細研究地理歷史文化。去的時候遇到當地人，對他們的國家有所了解，是一份尊敬，他們會更樂意做你的朋友；要是研究了竟然去不成，也等於去過了。」

問：「不過也有句古語説，行萬里路勝過讀萬卷書呀！」

答：「不對，讀書還是最好的。讀得越多，人生的層次越高。這是金庸先生教我的。他寫小說的時候沒去過北京，但書中的描述比住在當地的人更詳細清楚。只要資料做足就是。高陽先生寫的歷史小說，很多地方他也都沒去過。日本有幾本極暢銷的外國旅遊書，作者從不露面，新聞界追蹤，最後在一個鄉下找到，原來他是一個從來沒踏出過日本本土一步的土佬。」

問：「有很多地方我也想去，但是考慮了很久，還是去不成，怎麼辦？」

答：「想走就走，放下一切，世界不會因為沒有了你而不運轉的，說走就走，你沒膽，我借給你。」

袋

問：「你為甚麼老是揹着這個黃色的袋，在電視節目中也常看到，到底是甚麼袋嘛？」

答：「和尚袋，這個問題最多人問了。」

問：「和宗教有關的嗎？你是佛教徒嗎？」

答：「我希望我是一個佛教徒，但是我的慾念太深，做不了佛教徒。所謂的慾，並不完全代表性慾，也包括了食慾、貪慾和人生的種種缺點。這些缺點或者也能說是本能吧。」

問：「買的？」

答：「和尚送的。這個問題我已經回答了很多次。其實你所問的一切我都回答很多次，而且在自己寫的小品文中已經提過。報紙的專欄後來也編成書，如果你看過我的書，那麼關於我的事都寫了，你還要聽嗎？我不想給讀者一個印象，好像老是重複自己。」

問：「願聞其詳。」

答：「好吧。再次重播。很多年前，由吳宇森導演，我監製的一部電影，在泰國的森林拍攝。你知道啦，我們香港片子開鏡時總有一個儀式，買隻燒豬，拜拜神。」

問：「泰國森林中也有燒豬賣嗎？」

答：「沒有，泰國是一個佛教色彩很濃厚的國家，森林中沒有燒豬，但是有很多廟，我託當地工作人員，從廟裏請來了一位聲望最高的僧人來主持開鏡儀式。到場一看，是個很清瘦的長者，他唸完經，撒過聖水，對我說：禮成。你還有甚麼願望？我一定可以為你實現！」

問：「那你要求些甚麼？」

答：「片子是公司的，花錢請和尚也是公司，我當然不會為自己要求些甚麼。想了一想，這部電影全靠外景，一下雨，拍攝就泡湯，所以向那高僧說：『那麼請你保佑我們每天是晴天，不下雨。』」

問：「和尚怎麼說？」

答：「他回答道一點問題也沒有，從明天開始就不會下雨，你們儘管放心工作吧。」

問：「靈嗎？」

答：「唉，哪知隔日出發之前就是傾盆大雨，而且一下，就接連下了整整的八天，每天下個二十四小時。」

問：「那你怎麼辦？」

答：「怎麼辦？在那沒有冷氣的小酒店裏越想越感到悶氣，就跑到廟裏，找高僧麻煩，向他說：『喂，和尚，怎麼說話不算話？你說過不會下雨的！』」

問：「那和尚怎麼回答？」

答：「他態度安詳，樣子像佛，微笑着說：『孩子，這場雨不是為了拍電影而下，是為了農夫們而下的。』」

問：「那你怎麼說？」

答：「我還有甚麼話好說？佩服得五體投地，甘拜下風，雙手合十，深深地向老人家鞠一個躬退下。」

問：「後來呢？」

答：「後來我們做了朋友，因為他會講潮州話，我們能溝通，我一有人生的疑問就去請教他，見面多了，知道他雖然是和尚，但愛抽雪茄，又喜歡喝茶，不就常買這些禮物去奉送，他覺得不好意思，就回送我和尚袋，說是燻過香，唸過經的。」

問：「你一直用到現在？」

答：「怎麼可以？髒死了，要常洗的，像換衣服一樣換。我有很多和尚袋，除了這種黃色的，還有藍色、灰色、紅色和褐色。如果下次有新的旅行電視節目，我就會拿來襯西裝。家父去世時，我還請朋友為我做了幾個黑的。」

問：「通常人家問你，你都會那麼長篇大論地回答他們的問題嗎？」

答：「當然不會，我只是簡單地說，你不覺得比你拿的袋子輕嗎？女人問的話，我會指着她們的背包說：也比這個背包輕，你說是不是？」

問：「和尚袋中，裝的是甚麼東西？」

答：「大哥大電話。我對這個名稱很反感，如果是大哥，那麼就有馬仔為你提電話了，何必自己拿？所以我一定把大哥大電話藏在袋裏。」

問：「還有呢？」

答：「還有銀包呀，零錢呀，信用卡呀，草紙呀，電子記事簿呀！」

問：「有沒有一瓶酒？」

答：「從前喝得多，的確放過一瓶半枝的，現在少喝了，只有幾包香煙，一個打火機。一個小型收音機，我喜歡聽電台節目的。還有一個最輕便的相機，買過 Minox 間諜機，但嫌菲林沖洗不普遍。傻瓜機也用過，最後還是發現即影即棄的塑膠機最輕最方便。」

問：「相機隨身用來幹甚麼？」

答：「有時到餐廳去，見菜單寫在牆上的，就拍下來，省得一樣樣抄下來。」

問：「還有呢？」

答：「沒有了。不過有時遇到有幽默感的女人問這種問題，我就會說，還有一個小袋呀，隨時可以用。這年頭這種事不是鬧着玩的，名副其實地袋中有袋嘛。」

問：「在甚麼地方可以買到這種和尚袋？」

答：「在泰國。香港的話，順便賣廣告，可以到蔡記雜貨店去找。」

問：「顏色都是黃得那麼鮮艷嗎？」

答：「我這個特別一點，布料是泰絲織的，亮得厲害。不是每一個人都揹得起，需要很大的自信心，不然人家會當你發神經病，我是癡癡地的人，不怕。」

宗教

問：「世上那麼多宗教，你最喜歡的是甚麼教？」

答：「睡覺。」

問：「你是一個無神主義者？」

答：「凡是有知識的人，不可能相信有神的存在。」

問：「為甚麼？」

答：「太多疑問了。太多不能解答的問題。」

問：「對天主教和基督教也有疑問？」

答：「《聖經》是一本很好的書，許多美麗的詩篇，數不盡的寓言。但是，作為事實，難於接受。」

問：「請舉個例子。」

答：「像上帝創造了亞當與夏娃，他們生了兩兄弟，一個殺死另一個，被驅逐到伊甸園的東方。在那裏，他遇到另外一個女人，和她結婚生子。這個女人，從哪裏來的呢？」

問：「但是宗教是用來信的，不是用來疑問的。」

答：「所以説有知識的人，不能相信。」

問：「我常看你揹了一個和尚袋，你是佛教徒嗎？」

答：「我希望我是，但是我不是，我的慾望太深，永遠沒有辦法做到六根清淨。用那個和尚袋，主要的是它用布做的，很環保、很輕。」

問：「回教和佛教，比較起來，還是喜歡哪種？」

答：「還是佛教。舉個實例吧。華僑之中，馬來西亞的很難和當地人通婚，這是因為回教的教規很嚴格。泰國的華僑就理所當然地娶起當地女人來，大家都是佛教徒嘛。不過你得取一個很長很長的泰國名字，你不能姓陳姓林姓王。説起來，佛教教規比國家法律輕鬆得多。」

問：「天主教、基督教信起來也很容易呀。不好嗎？」

答：「請別搞錯，我並不反對人家信教，天主教、基督教當然好，回教也好、佛教也好，禪宗則不管你認為好不好。我反對的，是迷教。」

問：「甚麼叫迷教？」

答：「迷戀上，不顧一切地犧牲自我，犧牲身邊的人，就不好了。愛自己是好的，愛上自己，便有餘裕去愛別人，應該有一個信自己的宗教。」

問：「你相不相信有來世的？」

答：「人死了，化成灰，不可能有來世，但是相信有來世也不錯。像天主教徒，在醫院裏，臨死之前是比別人快樂得多，他們認為這一生走完還有更好的天堂在等待着你，所以對死亡沒有恐懼，這是天主教的唯一好處。」

問：「為甚麼你的辦公室裏有一尊佛像？」

答：「佛像的面孔很安詳，看得十分舒服，我要是甚麼都不幹的時候，也會去雕刻佛像。不過我雕出來的佛像比較像人，像普通人，像你我，大家較安詳地笑笑。」

問：「你家裏有沒有供奉些甚麼？」

答：「我買了一個日本做的神龕，紫檀做的，很簡單，很精美，把我父親的相片放在裏面，偶爾上一炷香。」

問：「為甚麼是偶爾，不是天天？」

答：「如果真的有神靈這一回兒事，那麼我爸爸早已成佛了。如果真的有靈魂，那也該早散。要不然我燒一炷香，爸爸回來看我一次，煩都把他煩死。我這麼做，只不過是我對他老人家的一種思念。」

問：「你對你的朋友變成虔誠的教徒有甚麼看法？」

答：「我小的時候，看到奶媽拜神，我問她：靈嗎？有甚麼用？她回答說靈不靈我不知道，在拜的這一刻，很和平，很舒服。這種說法，我能接受。但是早拜晚拜，以為這樣就可以贖罪，便覺得他們的知識有限。而且我許多朋友信了教，是因為他們有目的，有些是因為生意失敗，有些是因為丈夫在外面有女人，絕大多數是生活空虛，沒有其他興趣和嗜好，求神拜佛就最就手的了，要沒有目的地去研究佛教，層次才高。我常認為佛教宣揚不廣，只因為沒有像西方的《聖經》寫得那麼好的一本書。如果金庸先生肯將佛經故事用他的方法說出來，一定很好聽的。」

問：「有人看到你去黃大仙拜拜。」

答：「自己不會去，陪人去的。人家拜，我也拜，求個對方身體健康。這種低微和謙虛的要求，並不過份。」

問：「你在歐洲旅行時，看不看教堂的？」

答：「看。而且來得個喜歡。它們莊嚴的氣氛，很容易受感染。我也愛研究教堂的建築，每間出名的都不同，不過看的時候，總愛問這到底是神的力量，還是人的力量？歐洲的教堂和他們的皇宮一樣宏偉，那時候的教宗權力不遜於皇帝，你來一座，我也來一座，大家都想要一個顯示權威的代表作。」

問：「像你這種思想，會不會禪宗較為適合？」

答：「禪的道理，要空無一切，見佛殺佛才能做到。殺佛？太殘忍了，我也不喜歡。」

問：「如果有一天，一定要你信一種教，你會信哪一種？」

答：「大概會是道教吧，比較像人做的事。尤其是他們對於煉丹養生之道，說起來很有興趣。對於房術的研究，也很精彩。」

問：「密宗呢？」

答：「我每次看到歡喜佛，都發笑。」

擲石者

我在新加坡的羅敏申路的一家辦公室的二樓出生，地點是後來家裏的人告訴我的。自己有了記憶，知道前後搬了四個家。

最先住牛車水大華戲院的三摟，再轉進大世界遊樂場裏面的職員宿舍，換個地方到後港六條石。搬到現在加東的這個老家時，我已出國，回來度假才住過。

記得最清楚的是後港那個家。花園中種滿果樹，其中一棵是榴槤。

父親第一件事就要砍倒它，因為鄰居說這棵榴槤樹的肉是「裸古」的。所謂裸古，馬來語不靈光的意思，蒸不熟的魚，結不實的果，即叫「裸古」。

樹幹粗壯，有三十呎高，斬樹為一大工程。好在當年人工便宜，幾個馬來人就三兩下將它砍倒了。樹將跌地時轟隆一聲，灰塵滾滾。我們幾兄弟急着跑前一看，樹上還結了數百個長不大的小榴槤，拿來當手榴彈互扔，好在沒有傷人。

另外一棵巨樹印象最深，馬來人叫「峇隆隆」，是芒果的一種。一隻手抓得住那麼大的圓形果實，像一個會隆隆作響的銅鈴，因此得名吧？

峇隆隆作深綠色，皮上有褐色的斑點。通常是乘它未熟透的時候吃的。拿一把刀，皮也不削，一刀斬下，再一刀把肉挑得彈出來。中間有顆硬核，充滿了硬筋，纏在果肉上，所以要用挑的，筋才不會黐肉。

就那麼進口，又硬又酸，小孩子還頂得順，大人連假牙也咬崩。但有一股清香，是別的芒果所無。

最佳吃法是準備好一碗濃醬油，加白糖和辣椒粉，將峇隆隆蘸着咬，一吃便吃十幾粒，吃到肚子痛為止。

未熟時要再採，樹上一大串一大串地，一串至少有二三十粒，隔鄰有個馬來村莊，小孩子們都拿石頭來擲，果實掉在籬笆外的給他們免費吃，掉到花園中就屬於我們的，非常公平。

有時撿漏了些，過幾天變為黃色，軟熟的肉就那麼剝來吃，很甜，但有點異味，原來已在發酵成為酒精，吃多了有點頭昏昏。

從大門要經一條五十米小徑才抵達家裏，路邊長了一棵紅毛丹，長了滿樹又紅又綠的果實。紅毛丹樣子最醜，像大人的春袋。這棵紅毛丹是賤種，肉很酸，又黐核。這還不打緊，摘下來時整群黑螞蟻，爬得全身痕癢。樹就那麼一直長看，從來沒有人去碰它。為甚麼不整棵砍掉？從來沒機會問爸爸，或者他認為給螞蟻享用也是好事。

姐姐不知道從哪裏找了一枝優種紅毛丹來，插下後過幾年便成樹了，結成的果實南洋人稱為「脫核」，肉極甜又爽脆，不遜荔枝，但始終硬核會黐在肉上，美中不足。

羽毛球場的旁邊有棵接枝番石榴。香港也有的番石榴，果中充滿堅硬的細核，吃完後放出來的還能見到，像霰彈槍的鉛粒。這種番石榴是泰國種，因為接了枝，矮矮的樹很方便採下巨大的果實。肉很厚，核子集中在中央成一團，挖出來扔掉就是，又香又甜。熟透了變軟，用塊布包起來搾汁，也鮮美。

另一棵大葉子的長出「尖必辣」來。此果沒中文名字，屬於大樹菠蘿科，樣子也像，不過小得多。雖說沒有大樹菠蘿的大，但刮開硬皮後，裏面至少也有一百粒小果，味道和榴槤一樣，很有個性，聞不慣人嫌臭。「尖必辣」不是咬，用噬的，核上的肉有很多纖維質的筋。大人教小孩子別吃它，對消化不良。做兒童的哪會聽？而且他們的胃連石頭都化掉，怕甚麼？照吞不誤。好吃的還有「尖必辣」的核，用鹽水煮熟了比花生還香。馬來人剝了果實蘸點麵粉拿去油炸，連核一起吃，是尖必辣甜不辣。

後來又種了一棵香港人叫為番鬼佬荔枝的果樹，潮州話則稱之為林檎。其實它的樣子一點也不像荔枝，倒似佛祖的頭髮。台灣也有這種水果，叫它為「釋迦」，倒是很恰當，而且頗有禪味。

番鬼佬荔枝的肉是白色的，裏面有黑核，令我想起園中的另一棵南洋人叫紅毛榴槤的，外層軟皮上有幼刺，切成一片片來吃，有的很甜，有的種酸死人，英文名字叫為 Soursop，大概洋人試了後者而命名。

最近一次去新加坡，因為要上電視做訪問，穿了西裝打領帶出場，節目完畢後沒時間換便服，想起老家的果樹，請友人車我前往。

兩層樓的典雅建築，已改成毫無個性的數棟公寓，旁邊的馬來村莊也蓋了大廈，連路也差點找不到。

面目全非，一切俱往矣。

正在傷感，抬頭一望？咦，怎麼那棵「岧隆隆」的大樹還屹立着？枝幹上一串串的果實像在向我微笑。

即刻拾起石塊往樹上扔去，果實一粒粒地掉得滿地都是。

公寓中跑出個年輕人，本來要前來喝阻，看到擲石者是個滿頭華髮，穿西裝打領帶的老頭，嘆了一口氣走回屋子。我繼續扔石頭，掉在籬笆內的是你的，籬笆外的是我的，管它那麼多。

香火緣

不抽煙的朋友，可以停止閱讀下去。

戰後物質缺乏，看見母親把香煙盒剪成一條條，在油燈上燃燒後點煙。

「為甚麼不在油燈上點？」三四歲的我，求知慾強。

母親耐心地解釋：「因為直接點，有油味。」

從那時候起，我就一直想試抽幾口。

那是一個天真爛漫的年代，吃蔬菜還不管有沒有農藥，香煙致不致癌不是討論的話題，好萊塢電影又拼命鼓吹，我在十一二歲已經開始和同學在學校後山偷偷吸煙，至今也有四十年以上的煙齡。家父抽到九十才過身，我想，我還有些空間繼續。

和香煙結不了緣的是打火機，我一生人之中用了很多個，像老朋友一樣，都記得很清楚。

最原始的構造概念簡單，一個露着的齒輪，用手指旋轉後摩擦火石，點燃了吸滿汽油的芯。

後來有個長方形的鐵皮盒包藏齒輪，那就是美軍用的 Zippo，今日古老當時興，很多人收藏這牌子的各種打火機。曾經一度出過較小巧的女性版本，但被淘汰。Zippo 代表了雄赳赳的男性，抓緊了在牛仔褲上一擦，打開盒蓋，再反方向一擦，火便點著，女子用這種姿勢點火，始終沒那麼好看。

Zippo 宣稱不怕風，任何天氣之下都能點着，但在戰艦上的海軍，用來並不稱手。又風又雨地，海軍的打火機不用石油，也沒有點火的芯。記得家父用過一個，長機型，內藏的火石有一根煙那麼粗大，旁邊有個旋轉翼，扭着它便能打出火來，把香煙插入打火機身的小洞點着，現在也只有在博物館中能看得到了。

另一個博物館的收藏品，是支像口紅一樣的打火機。其實它並不必打火，把蓋子一掀開，接觸到空氣便能點着。道理像是很複雜，但又很簡單，只是當年發明時，蓋子不緊，放進褲袋中不小心剝脫，整條褲子就燒了起來，賣過一陣子就沒人敢再用。如果當今有人把蓋子的精密度設計得好一點，相信會再流行起來。

噴氣打火機初次看到是 Ronson 出的，機後的那個汽油注入處像一粒子彈，線條非常之優美。當今 Ronson 再復古推出，上次到日本時看到 Lucky Strike 的廣告，買兩條煙送一個，很想弄一具來懷舊，但是好彩牌出的新產品是薄荷煙，也就作罷。怎麼樣也想不到好彩因迎合市場而墮落到這個程度，從前出產濾嘴時已經嘆息一番。薄荷濾嘴？唉。

打火機不用油芯，改為噴氣是一大進步，但是打火石還要照用。記得我們往大陸寄衣服和食油的日子嗎？當年連打火石也要向海外要。

豐子愷先生寫信給在新加坡的老友廣洽法師，說如果順便可寄一些打火石來，自己當然用不完，可分贈其他友人，是「香火緣」，也是好事。

當年的打火石是一包包地賣，至少有數千粒，像把鉛筆中的鉛切成幾十粒的大小，切口並不平，打起來更起勁。後來物質豐富了，變回小量出售。Ronson出的打火石藏在一個黃色的塑膠片內，一排六粒，外面塗了一層紅漆，現在要努力地找才能發現。

年輕的吸煙朋友沒有看過打火石，大家用的是即用即棄的打火機，汽油用完時打火石還在，已往垃圾桶中一扔，所以甚麼是打火石要向他們解釋得花老半天。

三十多年前，我乘法國郵輪「越南號」出國，首次看到即用即棄的打火機，是Cricket公司的產品，黑漆漆地很大的一個，賣一個法郎。

法國人似乎對即用即棄的打火機情有獨鍾，我們現在常見的BIC打火機也是法國公司出的，後來把它縮成一半，小巧玲瓏的BIC，在西班牙分廠出產，顏色有黑白紅藍和粉紅。在巴黎的總公司造的小BIC彩色更是繽紛，有種種不同的花樣，新奇又美麗，買來送抽煙的友人，真是物輕情誼重的贈品。

有些打火機並不是縮小才好玩，將最普通的長方形者體積加倍，握起來很順手又能用久的也很有趣。

我買的打火機，最貴的也是五十塊港幣左右，曾經有過幾個數千元的「都彭」，放在身上重得要死，拿出來後喝醉酒亂丟，不是生意經。

書桌上的那個非常巨大，模仿油漆工人的噴火器，一按鈕便發出熊熊巨火，是朋友送的，一用用了數十年。

打火機這種東西雖然方便，但擁有時一定要悅目。用一個又醜又笨重的，看起來就討厭，影響到香煙的味道。我做人沒有甚麼使命感，能把一個即用即棄打火機的汽油用完，已經很滿足。

有位玩家朋友喜歡從愛情酒店拿一個打火機回來，他說吸煙時不覺意地放在桌上，遇到新交的女友，她們望了一眼，看到了印在打火機上的廣告字眼，潛意識地即有性的衝動，不知是真是假，姑且聽聽。

如果各位不抽煙的人也耐心地把這篇東西讀完，為了愛打火機，我希望大家也染上煙癮，加入我們的行列。我們這群抽煙的人已變成被欺壓的少數民族，處處遭受歧視，需要一些生力軍，才能和反吸煙人士抗戰到底。和你們合夥，也算是個香火緣吧。

身價

問：「有沒有人找你拍廣告？」

答：「有。」

問：「多少錢？」

答：「和我的經理人徐勝鶴先生商量過。報紙雜誌廣告，不出本人肖像者，二十萬；連名帶照片者，三十萬；電視廣告，五十萬。不扣稅，為期一年。」

問：「不扣稅我明白，為甚麼要為期一年？」

答：「哈哈哈哈，請看曾江兄為染髮膏拍的，當年簽約一不小心，一登就是幾十年，分文不得。」

問：「為甚麼沒看到你的電視廣告呢？」

答：「哈，有些錢是賺不下手的。」

問：「這話怎麼説？」

答：「有個大陸樓盤叫廣告公司找我，如果接了，拍完之後業主收不到樓，豈非變為罪人？」

問：「除了大陸樓盤，香港廣告商有沒有找過你？」

答：「有一個用膏藥貼着手臂戒煙的，我也接不成。他們説只要不在公眾面前抽煙就是，我騙不了人，結果一分錢也沒賺到。近年拍了電視旅遊節目，找上門的更多，煩不勝煩，想學揚州八怪鄭板橋撰寫一張賣字畫的潤例。」

問：「甚麼叫潤例？」

答：「價錢表呀。」

問：「鄭板橋的潤例是怎麼寫的？」

答：「大幅六兩、中幅四兩、小幅二兩、條幅對聯一兩；扇子斗方五錢，凡送禮者，總不如白銀為妙。公之所送，未必弟之所好也。送白銀則心中喜樂，書畫皆佳。禮物既屬糾纏，賒欠尤為賴賬。年老神倦，不能陪諸君子作無益語也。」

問：「甚麼叫不能陪諸君子作無益語？」

答：「套現代話：唔跟你哋呢班契弟玩。」

問：「哈哈，這潤例也坦白率真。還說了些甚麼？」

答：「鄭板橋還作了一首詩，貼在門口。詩曰：畫竹多於買竹錢，紙高六尺價三千；任渠話舊論交接，只當秋風過耳邊。」

問：「你的潤例會寫些甚麼？」

答：「領帶一條，港幣五百。」

問：「還有呢？」

答：「斗方一千，對聯二千，小幅字畫四千，中幅一萬，大幅兩萬。」

問：「要兩萬？」

答：「你試試看去畫一幅大幅畫，畫死人也。」

問：「叫你刻印呢？」

答：「一字一千。不包石頭，你問問鍾偉民石頭有多貴！包了包虧老本。」

問：「我也喜歡你刻的圖章，可不可以算便宜一點？」

答：「對了。潤例上邊加一條，每次減價，收貴一成，十個巴仙的意思。」

問：「要你簽個名，照張照片，不會收錢吧？」

答：「我一直想弄個箱子，寫着獻給聯合國兒童基金，每簽個名，每拍張照，任捐。」

問：「誰能保證這些錢會送到聯合國？」

答：「不能保證，隨心情而定。記得亦舒曾經告訴我一段往事，説倪匡兄在學校時提箱子賣旗，結果大家都奇怪為甚麼他有錢買朱古力吃。倪匡兄是我的偶像，他做得出的事，我都會學習。」

問：「聽説很多人要去甚麼地方玩，都找你介紹當地的幾家好餐廳，你收不收錢的？」

答：「到現在為止，總是免費。但麻煩到極點，從今之後要收錢。」

問：「怎麼一個收法？」

答：「和一個網上購物的機構合作，把資料存進電腦，問世界上每個大都市的餐廳，都有詳細的介紹。還有地址和電話地圖等等，在哪一條街，向的士司機怎麼說明，都寫得清清楚楚，還有該餐廳的菜單、價目，要叫甚麼酒最好，哪一年份的喝得過。問我要資料的人，請他在網上找。」

問：「噢，這些資料還真管用。一份收多少錢？」

答：「十塊港幣。」

問：「那麼便宜？」

答：「豈止便宜，我還會向那些餐廳講好，如果是下載我的資料，拿打印出來的證據，就可以得到十塊港幣以上的折扣。」

問：「錢怎麼付？」

答：「信用卡呀。」

問：「誰相信信用卡？」

答：「說得對。就快有一張有限額的卡出現，放進機器中，自動扣除，不怕信用卡號碼給黑客盜用。」

問：「像八達通卡？」

答：「原則上有點像。」

問：「最後一個問題，你的身價值多少？」

答：「我曾經在金三角越過邊界，給柬埔寨的官兵抓去，他們說要付贖金才能脫身。我問多少？他們回答兩千港幣。我知道，我只值兩千塊罷了。」

電視節目

問：「你真人看起來，比電視上瘦，是不是減肥成功？」

答：「絕對不是，熒光幕是一個凸出來的東西，拍起來總比本人胖，所以那些骨瘦如柴的女演員，看起來，就正常得多。」

問：「你一共做了多少電視節目？」

答：「三個。最初的那個叫《今夜不設防》，和倪匡、黃霑一起。那是十多年前的事了，我們記得很清楚，節目做了不久就發生了天安門事件。」

問：「《今夜不設防》做了幾輯？」

答：「一輯十三個禮拜播送，一共做了兩輯，二十六次。」

問：「現在重播《今夜不設防》，當年你看起來很瘦。」

答：「那不是我，是我的兒子。（笑）」

問：「這個節目是怎麼構思出來的？」

答：「當年倪匡常請黃霑和我去夜總會，三個人玩得好高興，那些陪酒的女人都笑得七顛八倒。倪匡兄請了幾次，我們當然要回請他，一付錢，才知道一晚要花一萬多二萬港幣，肉痛死了。酒又不是最好，女人多數很醜，還要我們講笑話給她們聽！不甘心，不如把構思賣給電視台，黃霑拍心口去講，一談即合，變成清談節目。酒是 Martell 和 Otard 贊助的 XO，漂亮女明星當嘉賓，我們照常講笑，還有錢拿。每次出糧，都心中有愧。」

問：「倪匡的廣東話，真難聽懂。」

答：「他的思想比言語快，所以像機關槍那麼篤篤篤篤，再標準的廣東話也沒人聽得懂，弄到有時要打字幕。黃霑和我常笑他，說有人找他拍法國電視的節目。他說我不懂法文，誰聽得懂？黃霑和我說：反正你的廣東話也沒人能聽懂，做法國節目就做法國節目吧！（笑）不過，聽慣了，還是聽得懂的。」

問：「你們怎能在節目中又吸煙又喝酒，又性騷擾女明星？」

答：「當年電檢局比較鬆，節目又在深夜播出，所以放肆了一點。ＢＢＣ曾經派一隊外景隊來拍攝我們的節目，說是全世界最自由奔放的。」

問：「到底是現場直播還是後來剪接的？」

答：「當然是後來剪的，有些內容大膽得令人難於置信。我們又粗口滿天飛，直播還得了？通常錄影要錄兩個小時，第一個鐘是熱身運動，第二個鐘才進入戲內，用的多數是後半段。」

問：「到第二鐘，是不是都喝醉了？」

答：「唔。（笑）」

問：「你們三人，到底哪一個的酒量最好？」

答：「倪匡是第一，我第二，黃霑最差。他喝醉了喜歡脱衣服，有一次現場表演，脱剩內衣褲，胖嘟嘟地，全身通紅，很可愛，像紅孩兒。」

問：「能喝多少？」

答：「嘉賓喝的不算，我們三人在二十分鐘內，絕對乾得了一瓶白蘭地，一晚錄影下來，喝兩瓶半是常事。」

問：「現在你們的酒量還行嗎？」

答：「不行了，我只喝一點啤酒和紅酒。黃霑不能沾，他有痛風。你知道甚麼叫痛風嗎？喝了酒，風一吹來，腳都會劇痛，叫痛風。倪匡也不喝了，不過我去三藩市找他時，高興起來，也乾了一瓶墨西哥特奇拉。」

問：「嘉賓的談話，怎麼那麼放？」

答：「因為是錄影，我們答應她們，事後給她們看，要是她們覺得太過份，可以刪剪。但是，錄完之後，她們都說：不必再看了。像有一集和惠英紅談天，她說：大家都知道我不是處女，說完當場覺得不太好，要求我們剪掉，但是後來老酒喝了兩杯，她說算了算了，剪甚麼他媽的。」

問：「怎麼嘉賓上你們的節目，都穿得性感？是不是你們指使的？」

答：「絕對不那麼無聊。說也奇怪，大家都自動地穿得少一點，林青霞也是，鍾楚紅也是。」

問：「誰的話題最有趣，誰的話題最悶？」

答：「成龍話最多，他一共上了兩次，每次都是他講，我們三人沒份。他的娛樂性高，我們不出聲也已經是一個好節目。張國榮的談話也很坦白，劉培基也是。如果大家仔細聽，已可以聽到他們的心聲。利智問甚麼也問不出一個道理，周潤發也是，都很懂得保護自己。最過癮的，是王小鳳，她也上了兩次。」

問：「有沒有印象最深的？」

答：「是波霸葉子楣。我們做過一集叫《金裝今夜不設防》的，以一私家游泳池做背景，當晚她着了一件全新的晚禮服，我們三人喝醉了把她投進游泳池裏面，全身濕透，她也沒有動怒，笑嘻嘻地把節目做好，當時我們已經知道她一定會紅透半邊天。」

問：「最後一個問題，你可不可以坦白地透露當年你們拿多少片酬？」

答：「到我這個年紀，不說真話不舒服。當年我們每人已經每一集拿六萬港幣，日本最紅的藝人聽到了，合日幣一百萬，大家都呱呱大叫，他們只拿二十萬罷了。不過，嘉賓我們自己掏腰包送禮，有時送兩萬給他們。」

問：「你在《蔡瀾人生真好玩》那一輯中，有個環節是你自己表演燒菜，你到底是不是真個會煮幾手？」

答：「我在《飲食男女》雜誌每週一次的示範，你還可以說我叫別人燒的，拍幾張照片來騙人，但是電視節目從頭到尾親自做，懷疑我的能力做甚麼？」

問：「那個廚房是不是你的家？」

答：「佈景。我的廚房沒那麼豪華。」

問：「嘉賓有時也燒菜，哪一個最好？」

答：「陳小春。他學過藝，炒的菜心整棵上的，是廚房佬的手法。家庭裏炒菜心，一定折斷或切開了才下鍋的。」

問：「在第三輯的《蔡瀾歎世界》中，你去哪裏找到那麼多好吃東西？做這節目有沒有壓力？」

答：「壓力一定有的，我是怕做得不好。環境和人為的因素，預期的東西表演不到時，就要隨機應變了。但往往把我想破了頭。像有一集，到了鴕鳥園，有甚麼好拍的？炒炒鴕鳥蛋，外國飲食片集都出現過，怎麼辦？前一晚一夜睡不着。忽然頭上的燈叮得一聲亮，有了。到了現場，我用鴕鳥蛋來做茶葉蛋，那麼大的一個茶葉蛋，觀眾就會看得哇哇聲，一個節目中有一兩個哇，就成功，和拍電影一樣。」

問：「皇帝蟹吃法也是你想出來的？」

答：「是。皇帝蟹很大，斬件來焗薑葱，就沒有甚麼看頭。我本來想整隻蒸，和主持李珊珊另加四位港姐，一齊吃六隻那麼大的皇帝蟹，看了就會哇一聲。但是皇帝蟹很貴，為了預算，只給我兩隻。我又想破了頭，結果把一隻的殼拆空了，當成鍋，注入礦泉水下面燒火，等滾透了，再把另一隻的肉打成蟹丸，用來打邊爐，看起來就豪華奢侈，又會哇一聲。有預算時，就以本傷人，像把很大隻的鮑魚拿來當串燒三兄弟，或者幾十隻龍蝦弄成沙爹一樣烤，才有看頭。」

問：「節目中你老兄帶一群美女，羡慕死人，觀眾看你有得吃有得玩，到底你玩不玩？」

答：「食物和美女，永遠是一個不敗的因素。我一生人做的是娛樂事業。美女看得多，也是人呀，又是商品。如果你開一家雜貨店，難道每一顆糖都打開來試一試不成？好在我幹電影幹了四十年，沒有緋聞，記錄良好，不然誰敢跟我去？」

問：「和那麼多女人在一起，沒有麻煩？」

答：「沒有，互相尊敬就是，不過要忍受的是聽她們講對方的壞話。」

問：「嘉賓是你自己選的？」

答：「有一些，但大多數是電視台安排。」

問：「有沒有意外的驚喜？」

答：「驚喜沒有，意外倒有。她們不在鏡頭前出現時喜歡以真面目示人。有幾位在機場才見面，她們伸出手來自我介紹，我是某⋯⋯我差點衝口而出：你是某某人的保姆呀！好在我收口收得快，不然闖禍。」

問：「資料搜集是誰做的？」

答：「通常是自己做，多數地方我去過，列一名單先叫助手和導演攝影師去探路，再看一遍，把資料傳真回來，我再作刪增，才去拍攝，太古旅遊的Janet Li也幫了不少忙，她現在負責tom.com的網上旅遊。」

問：「和工作人員有沒有磨擦？」

答：「工作起來，磨擦避免不了。有些資料收集員寫了很幼稚的對白讓我說，我把稿丟掉，傷了他們的心，聯合起來給電視台打我小報告，我也一笑置之。大部份的資料收集員還是好的。」

問：「兩個女主持，你對她們的印象如何？」

答：「李綺虹有觀眾緣，說廣東話帶點鬼腔，反而得人心。李珊珊很努力把節目做好，她本來是個素食者，做了我的拍檔後大魚大肉，連生東西也往嘴裏吞，我像教女兒一樣把人生哲學說給她聽，她也虛心學習。」

問：「你和她們浸溫泉，有沒有……」

答：「大家都包了一條毛巾的。」

問：「但是在換衣服的時候，有沒有偷看到？」

答：「男人在這時候看女人，不叫男人，叫爬蟲。女人要大大方方給男人看的時候，男人看她們，這才叫男人。」

問：「那麼多的嘉賓之中，你認為誰是大美人？」

答：「個個都是，不然怎麼上得了我的節目？關之琳美得令男人自慚形穢，李嘉欣也是，拍北海道那一集時還自掏腰包請了私人化妝師和髮型師。說到女人時，陳妙瑛不上鏡時常給一班男工作人員圍着。郭羨妮也帶着這股味道。」

問：「你認為這些旅遊特輯中有沒有缺點？」

答：「有。在歡樂中少了淡淡的哀愁，那是旅行中人常有的一份寂寞感。」

問：「問你一個題外話。為甚麼你老在文章中自問自答？」

答：「這都是綜合了看完節目後大多數人的問題，做一解答。還有，我今後會將豐富的資料做一網站。網站的特點是即問即答，不然單薄的內容和遲久不覆，會令到上網的人看了一次就再也不瀏覽。從來沒人問的，我立即回答；問過的問題，就可以由助手從資料中抽出來回應，又能賺稿費，一舉數得，何樂不為？」

想做的事

問：「你還有甚麼想做的事？」

答：「太多了。」

問：「舉一個例子？」

答：「小的時候，作文課要寫《我的志願》，我寫了想開間妓院，差點給老師開除。」

問：「你在説笑吧。」

答：「我總是説説笑之後，就做了。像做暴暴茶、開餐廳等。我還説過以我的日語能力，不拍電影的話，大不了舉一枝小旗，當導遊去。」

問：「真的要開妓院？」

答：「唔，地點最好是澳門，租一間大屋，請名廚來燒絕了種的好菜，招聘些懂得琴棋書畫的女子作陪，賣藝不賣身。多好！」

問：「早就給有錢佬包去了。」

答：「兩年合同，擔保她們賺兩百萬港幣就不會那麼快被挖走。中途退出的話，雙倍賠償。有人要包，樂得他們去包，只當盈利。見有標青的女子，再立張合約，價錢加倍。」

問：「哈哈，也許行得通。」

答：「絕對行得通。」

問：「還有呢？」

答：「想開間烹調學校，集中外名廚，教導學生。我很明白年輕人不想再讀書的痛苦，有興趣的話，讓他們當師傅去。學會包壽司，一個月也有上萬到三四萬的收入。父母都想讓兒女有一技之長，送來這間學校就行。」

問：「還有呢？」

答：「開個網址，供應全世界的旅行資料。當然包括最好吃的餐廳，貴賤由人，不過資料要很詳細才行。我看到一些網，上了一次就沒有興趣再看。那就是最蠢不過的事。在我這裏，不止找到地址電話，連餐牌都齊全，推薦你點甚麼菜，叫哪一年份的酒，讓上網的人很有自信的走進世界上任何一間著名的餐廳，不會失禮。」

問：「還有呢？」

答：「還有開一個兒童班。教小孩畫畫，書法和篆刻，也可以同時向他們學習失去的童真。」

問：「還有呢？」

答：「你怎麼老是只會問還有呢？」

問：「除了教兒童，你說的都是吃喝玩樂，有甚麼較有學術性的願望？」

答：「吃喝玩樂，才是最有學術性。我知道你要問甚麼，較為枯燥的是不是？也有，我在巴塞隆那住了一年，研究建築家高地 Gaudí 的作品，收集了他很多的資料，想拍一部電腦動畫，關於聖家諾教堂，這個教堂再花多一百年功夫，也未必能夠完成，我這一生中看不到，只有靠電腦動畫來完成它。根據高地原來的設計圖，這座教堂完成時，塔頂有許多探射燈發出五顏六色的光線，照耀全城，塔尖中藏的銅管，能奏出音色特別多的風琴音樂。這時整個巴塞隆那像一座最大的的士高，來了很多嘉賓，用動畫把李小龍、瑪麗蓮·夢露、占士甸、戴安娜王妃、楊貴妃、李白等人都讓他們重新活着，和市民一起狂舞，一定很好看。」

問：「生意呢？有甚麼生意想做？」

答：「我也在南斯拉夫住過一年多，認識很多高官幹部，都很有錢，買了很多鑽石給他們的太太，現在打完仗，鑽石不能當飯吃，賣了也不可惜。我在日本工作時有一個很信得過的女秘書，嫁了一個鑽石鑑定家，和他合作，我們兩人一面玩東歐，一面收購了一些鑽石，拿回來賣，也能賺幾個錢。」

問：「這主意真古怪。」

答：「不一定是古怪才有生意做。有些現有的資料，等你去發掘，像我們可以到國際發明家版權註冊局去，翻開檔案，裏面會有一些發明，當年太先進了，做起來失敗，就那麼扔開一邊，現在看來，也許是最合時宜的，買版權回來製造，賺個盤滿缽滿也說不定。」

問：「寫作呢？還有甚麼書想寫的？」

答：「當然有啦，我那本《追蹤十三妹》只寫了上下二冊，故事還沒講完。我做了十三妹的研究十年以上，有很多資料。也把自己的經歷過的事、遇到的人物寫在裏面，每一個故事都和十三妹有關聯。一直寫下去，用六十年代到七十年代的香港做背景，記錄這十年的文化，包括音樂、著作、電影，吃的是甚麼東西，玩的是甚麼東西？」

問：「那麼多的興趣，要等到甚麼時候才去做？是不是要等到退休？」

答：「我早已退休了，從很年輕開始已經學會退休。我一直覺得時間不夠用，只能在某一段時期，做某件事，甚麼時候開始，甚麼時候終結，隨緣吧。」

問：「最後要做的呢？」

答：「等到我所有的慾望都消失了，像看到好吃的東西也不想吃，好看的女人也不想和她們睡覺時，我就會去雕刻佛像。我好像說過這件事，我在清邁有一塊地，可以建築一間工作室，到時天天刻佛像，刻後塗上五顏六色，佛像的臉，像你、像我，不一定是菩薩觀音。」

電影

問：「你幹電影，幹了多少年？」

答：「從十八歲做到五十八歲，四十年。」

問：「很少聽你談到電影的事，為甚麼？」

答：「我對電影，已感到十分的疲倦，連談也不想去談了，這次說完，今後再不提及。」

問：「你的崗位是監製，有哪一部電影最滿意？」

答：「沒有。」

問：「沒有？」

答：「電影是一種集體的創作，不能把你喜歡的那一部佔為己有。」

問：「你拍的都是商業電影的緣故？」

答：「商業片才是電影的主流，沒有甚麼好羞恥的。年輕人總有點抱負，說要拍一部萬古流芳的，這種思想很正確，但不容易做到，我承認我就做不到。」

問：「你說你已經對電影感到厭倦，你還看電影嗎？」

答：「看。不看不舒服，凡是不太垃圾的，我都看。我想我是香港人之中看電影看得最多的人之一。我父親也是幹電影的，我從小住在一家戲院的樓上，一探頭出來就看到銀幕。有記憶開始我一直看着電影，長大了更加狂熱，逃學也去看，有時一天趕五場。有了錄影帶之後看得愈多。人生之中，平均一天看一部，算五十五年吧，來個三百六十五天，也看了兩萬多部。」

問：「你都記得嗎？」

答：「像人生一樣，從前的記得清楚，近來的隔天就忘記了。但是傑出的都應該記得。邵逸夫爵士問我關於電影的事，只要他說出某些劇情，我都能記得片名，他說我是一本電影字典。」

問：「你替邵逸夫做事做了多少年？」

答：「二十年。他是一位最好的老師，我很尊重他，而且，如果說天下看電影看得最多的人，應該是邵爵士，他已經一百歲了，還不斷看；一天的平均次數也比我多。如果我看了兩萬部，他至少看了八萬部吧。我從來沒有遇見一位比他更熱愛電影的人。有一天我們一齊看試片，從新加坡來了電話，報告他兒子被匪徒綁架，他也堅持把那部片子看完再作打算。」

問：「哈哈，還有甚麼趣事？」

答：「還有一次也是一齊看試片，邵氏影城的後山每年到了秋天總有山火。那一回很大，快燒到宿舍，有人打電話來報告。邵爵士問我要不要回去收拾一下行李？我回答說行李已經隨時收拾好，看完再說。邵爵士笑罵：『你在暗示些甚麼？』」

問：「後來怎麼沒在邵氏做下去？」

答：「邵爵士很有遠見，把娛樂事業轉向電視，電影減產。我學到的是工廠式的大量生產，只會這一種方法，就向老人家提出離開，邵爵士還送了我一筆巨款，在當年是蠻嚇人的數目字。」

問：「那你馬上轉到嘉禾？」

答：「也不是，一方面不想刺激老人家，一方面認為在溫室中長大，應該出去搏殺一番，我到獨立製片公司做了一兩年，拍一些叫《烈火青春》、《等待黎明》等等片子之後才進嘉禾的。嘉禾的何冠昌先生從前也是邵氏的老同事，亦師亦友，到嘉禾去，是理所當然的。重要的決定，多是他中午去吃飯時順道送我回家，在短短的十分鐘左右談完一切，從不囉囉嗦嗦開甚麼鳥會。」

問：「《烈火青春》是不是葉童、夏文汐、張國榮等演的那一部？」

答：「你的記性真好。描寫年輕人嘛，戲中有很大膽的性愛描寫。司徒華當年在教育界中，誓死要禁播這部片子，我到現在還是對他的印象不好，如果給他當上特首，他一定會淨化香港，是個危險的人物。」

問：「還是回到最初，你是怎麼進入電影界的？」

答：「唸完高中之後，我本來對繪畫很有興趣，想去巴黎學畫，但我母親知道我從小嗜酒，要是去了法國一定成為酒鬼，說法國不行，選一個其他地方吧！當年是日本電影的黃金時間，甚麼石原裕次郎、小林旭的片子看起來都很新、很刺激。我就說不如去日本學電影吧，媽媽說日本也好，至少吃的同樣是白米飯，但是她不知道日本有一種叫 sake 的清酒。」

問：「後來就到日本去了。」

答：「唔，先要把日語學好，我將石原裕次郎主演的一部叫《赤之翼》的片子一看就看了五十遍。當年沒有錄影帶，買了麵包在戲院裏啃，一天看五六場同樣的戲。日本戲院是全日制，只要你不走出來就可以一直看下去，看了五十次之後，日本話脫口而出，發音還來得奇準。」

問：「有沒有正式進過學校？」

答：「有，叫日本大學。藝術學部．電影科，校址在池袋附近的江古田，當年是野雞大學，給一筆所謂的寄附金就能進去；現在已經成為名校，每年好幾萬人爭學位，要進這間大學，難如登天。學校教的是學術性的東西，訓練學生做藝術家。學生都想成為溝口健二和黑澤明，和現實生活的電影界完全格格不入，我沒有在學校學過甚麼有用的東西。」

問：「甚麼時候開始真正拍電影？」

答：「在學校時已經半工半讀，邵爵士在日本的業務很多，需要一個人做駐日代表，就叫我這個嘴邊無毛的小子上了，當年膽粗粗，上就上吧！負責沖洗的工作，當時香港還沒有彩色黑房，每部香港電影印得好不好，都要從頭到尾看一遍，十個拷貝看十遍，二十個二十遍，香港電影給我摸得滾瓜爛熟，又買日本片的東南亞版權。」

問：「甚麼時候開始搞製作工作？」

答：「製作工作需要認識電影的每一個環節，之前我做過道具、木工、副導演、攝影助理，對電影每一個部門都搞清楚，才不會被專業人員欺負。要不然攝影師説色溫不夠不拍了，你還會以為明天要多帶一點色溫到片場呢。」

問：「做這些雜碎的事，有甚麼成就感？」

答：「成就感來自達到導演的要求，像導演要個骷髏頭，道具用發泡膠做的一點也不像，導演發脾氣，我們做製作的拼了老命也要讓明天有東西拍，後來漏夜跑到山中在人家的骨墫中找骷髏頭，還洗刷得發亮，才交給導演，導演當然滿足，我們也滿足。」

問：「後來怎走上監製這條路？」

答：「最初是香港電影來日本拍外景，我負責搞掂日本的部份，像張徹導演拍的《金燕子》和《飛刀手》等，後來熟悉了，我向邵爵士說，在香港拍一部電影要四五十個工作天，日本只要二十個就完成，不如在日本拍，他說好呀，就開始了，從香港派來四五個演員，其他都用日本人，拍了一部叫《裸屍痕》的，是將《郎心如鐵》的故事改為鬼片，死去的女友跑回來復仇，又有一點像現代版的《四谷怪談》。陳厚當男主角，丁紅演情人，丁佩演富家女，王俠演偵探。王俠是歌星王傑的父親，當年王傑還沒出生，你說是多久了？」

問：「電影帶給你最大的樂趣是甚麼？」

答：「電影是夢工廠，最大的樂趣是實現你的夢，像我來香港，趕不上石塘咀的花樣年代，就監製一部叫《群鶯亂舞》的戲，用關之琳、劉嘉玲、利智、王小鳳一群美女，穿上當年的旗袍走來走去。導演區丁平很考究細節，佈景搭得逼真，來一桌當年的菜，我自己就參加了一份喝當年的花酒，真是十分過癮。電影對我來說，是一個巨大的玩具，但不是人人玩得起的玩具。」

問：「後來你怎麼當上成龍片子的監製？」

答：「成龍當年受到黑社會的威脅，何冠昌先生要找人把他帶出香港，還有誰對外國的認識比我更深？就找我做這件事。他問我要去哪裏？我一想就想到巴塞隆那，那裏是四位我最喜歡的藝術家的誕生地：畫家畢加索、米羅、達利和建築家高地，就即刻上路。劇本還沒有頭緒，也不知要拍些甚麼，去了再說，結果在西班牙住上一年，工作之餘好好研究藝術家的作品，不亦樂乎。這部叫《快餐車》的戲，前幾天還在電視上重播，再看一遍，也不覺得過時，女主角羅拉．芬妮很美，是我選的。我們交情很深，每年都交換聖誕卡，我一直叫她小公主，她一直叫我馬利奧大哥。」

問：「電影帶給你很多旅行的機會？」

答：「從新加坡、馬來西亞、泰國、日本、韓國，到美國、歐洲和澳洲，每地都能住上幾個月以上，和一般遊客感受到的不同。到了當地，工作人員總是讓我們看風景最優美的地方，跑遍許多普通人不去的角落，辛苦是辛苦，但和走馬看花完全兩樣。」

問：「你把拍攝工作描寫得那麼迷人，應該繼續拍下去才對呀，甚麼時候開始，對電影感到疲倦？」

答：「我很早就說過，翻版錄影帶並不可怕，因為一部電影兩小時，一翻也要翻兩個鐘，但是如果有一天，像印報紙那麼印法，就沒有救了，現在的翻版VCD、DVD不就是這樣？香港電影業辛辛苦苦建立，就給翻版打倒了，這也應該責怪董建華遲遲不下手嚴禁翻版，先進國家像美國和日本，哪會有這種事？再加上知音何冠昌先生逝世，我就決定不玩下去了。」

問：「你不後悔一生之中，沒有拍過一部得獎的藝術片？」

答：「一點也不後悔。我發現拍那些沒有甚麼人看的藝術片，很對不起出錢的老闆，我對藝術的良心，不如我對投資者的良心那麼重。而且，要建立個人風格，需要犧牲很多人，我不忍心。那是我已經做了電影工作四十年以後的事，到現在，我才知道原來我以為最喜愛的事，卻是我最不喜歡的。我已經說過，電影是一種團體的創作，功勞屬於大家，拍一部電影需要巨大的資金，不像畫畫，只需要一張畫布，你失敗是你個人的事，不牽涉其他人。」

問：「所以你開始寫作？」

答：「你說得對。寫東西的稿紙談不上花錢。我用的這張還是天地圖書出版社印來送給我的，完全免費。如果說我還不能創造出個人風格，那就應該打屁股了，我一生做錯了一件花了四十年才知道是錯的事，現在開始做我真正喜歡的想想，也不遲呀，為旅行而工作的話，我不如自己組織旅行社好了。」

照片

問：「你主持過一些電視節目，有沒有人要求和你拍照片？」

答：「有些認出我的人，等了好久才鼓起勇氣，問我可不可以和他們拍一張照片？我總是說：『我正在擔心你會不會這麼問呢？』」

問：「你有耐性嗎？」

答：「有。不過有些人也實在要求多多，來了一張又一張，貪得無厭時，我會借故走開。通常拍完一張之後他們總會說再來一張的，我做個順水人情，沒等他們開口，先說：『補一張保險吧。』」

問：「有甚麼苦與樂？」

答：「樂事是遇到一對夫婦，五兄弟、姐妹。他們老是說：『你站在中間。』

你知道的，中國人迷信：拍照片站在中間的人會死掉。如果這種迷信是真的，我不知道死了多少回。苦中作樂，看到拿相機的人總是強閉着一隻眼睛，嘴巴也跟着歪了，表情滑稽，就笑了出來。」

問：「眼睛不花嗎？」

答：「花。有時一群人圍過來，先拍張團體的，又一個個要單獨照，眼前閃光燈亮個不停，留下黑點，弄得頭暈，是常事，也慣了。」

問：「甚麼情形之下你會覺得不耐煩？」

答：「又換角度，又對焦，左等右等就有點煩，他們比相機還要傻瓜。」

問：「會不會到討厭的程度？」

答：「一般都不會，有時出現個非親非故的生人，一下子就來個老友狀，勾肩搭膀，如果對方是個大美人，又另當別論，否則真想把他們推開。最恐怖的是有些大男人還要抓你的手，一捏手汗濕淋淋，我又沒有斷袖之癖，真有點噁心。」

問：「但是總得付出代價的呀！」

答：「說得不錯。不過如果能照成龍的主意就太好了，成龍說最好是弄個箱子，要求合照就捐五塊十塊，給聯合國兒童基金，他老人家收穫一定不錯，我就做不了甚麼大生意，最好是把箱子裏的錢偷去買糖吃。」

問：「我們記者來做訪問，通常都帶個攝影師來拍幾張，你不介意吧？」

答：「攝影師大多數要求：『把手放在欄杆上。』或者：『雙腿交叉着站。』等等，我都很聽話，有時還建議：『要不要我把一張椅子放在面前，一腳踏上去，手架在腿上，托着下巴？』這種姿式，三四十年代最為流行。」

問：「哈，你也照做？」

答：「我只是說着玩的，他們真的那麼要求，我就逃之夭夭。」

（這時候攝影師走過，向我說：「請等一等，我把背後的那盆花搬一搬開。」）

答：「我說一個故事給你聽。從前我在邵氏製片廠工作，有一位叫張徹的導演，當攝影師要求道具工人把主角背後的東西搬來搬去時，張徹一定對攝影師說：『你看到背景是甚麼的時候，你一定看不到主角臉上的表情。』」

問：「哈哈，雜誌和報紙上登出來的照片，你滿意嗎？」

答：「沒甚麼滿不滿意的。不管攝影師拍得好不好，回到編輯室，老編總是選那幾張最難看的，他們在這一方面特別有才華。」

問：「你珍不珍惜報道你的文章和照片？」

答：「我不太去注意。有些人不同，他們一生人沒甚麼機會見報，所以特別重視。又有些人給水銀燈一照，即刻上癮，非製造些新聞出來不可。這是一種病，他們本人並不覺察，還拼命向記者說把名和利看得很淡，不愛出鋒頭，其實他們一早就去買報紙和雜誌，翻了又翻，看到照片小了一點，就傷心得要命。真是可憐！我才不會那麼蠢——我知道有時一群記者圍着你拍照，隔天一張也不登出來是常事。」

問：「你覺得還是低調一點比較好？」

答：「我也不介意以高姿態出現。幹的是娛樂人家的事業嘛，要避也避不了，假甚麼惺惺？有些人口口聲聲說低調，結果雜誌登出來的照片都是擺了甫士的，連他們的家裏和辦公室都拍出來，從家具和陳設看來，品味奇低。」

問：「對狗仔隊，你有甚麼看法？」

答：「是一種職業。外國老早就有了，不是我們發明的。說是狗仔隊跟蹤，哪有那麼巧？拍出來的照大多數像是事先安排，被拍的人心中有數，天下也沒那麼好的望遠鏡頭，狗仔隊跟蹤的人怎麼毫不知情？如果連這一點也不夠醒目，那麼醜事被拍下也是活該。」

問：「狗仔隊會不會跟蹤你？」

答：「我總是事先聲明：『寡人有疾，寡人好色。』就算搞甚麼緋聞，編輯老爺看到了狗仔隊拍出來的照片，往字紙簍一丟，罵道：『理所當然的事，有甚麼好拍的？』」

問：「那你一點也不怕狗仔隊？」

答：「怕。」

問：「怕甚麼？」

答：「怕從麥當勞快餐店走出來，被拍一張，一世功名，毀於一旦。誰說我不怕？」

煩惱

問：「看你整天笑嘻嘻的，你到底有沒有煩惱？」

答：「哈哈哈哈。（乾笑四聲）」

問：「那怎麼沒看到你寫關於你的煩惱的文章？」

答：「我想我基本上是一個很喜歡娛樂別人的人，幹了半輩子的電影，多少也是一種娛樂事業。喜歡娛樂別人的人，怎會把自己的煩惱告訴人家？」

問：「哭也是一種娛樂呀。」

答：「你去做好了。」

問：「我們年輕人怎麼克服煩惱呢？」

答：「沒得克服，只有與它共存。」

問：「怎麼共存？」

答：「一切煩惱，總會過的。我們小時候煩惱會不會被家長責罵；大了一點，擔心老師追功課；思春期為失戀痛苦；出來做事怕被炒魷魚。但是，這一切都不是已經過了嗎？一過，就覺得當時的煩惱很愚蠢，很可笑。我們活在一個刷卡的年代，為甚麼不預支快樂？既然知道一過就好笑，不如先笑個飽算數。」

問：「這不是阿Q精神嗎？」

答：「甚麼叫阿Q精神，你還弄不懂，你想說的是逃避心理吧？逃避有甚麼不好？逃避如果可以解決困擾，儘管逃避，有些事，避它一避，過後它們自動解決。」

問：「說是容易，做起來難呀！」

答：「這我知道，但是說比不說好，想比不想好。」

問：「你難道沒痛苦過嗎？」

答：「痛苦分兩種，精神上的和肉體上的。精神上的痛苦是想出來的，不想，痛苦就沒了；肉體上的痛苦才是真正的痛苦。人家砍你一刀，你一定會痛苦；女朋友走了，你認為還有新的，就不痛苦。肉體上的痛苦？好解決呀！拼命吞必理痛Panadol就是。別聽人家説吃多了對身體有害。痛苦是不需要忍受的，把必理痛拿來當花生吃就是。」

問：「甚麼情形下才產生煩惱？」

答：「個人看得開的話，煩惱不出在自己身上，是出在你周圍的人身上。喜歡的人，在不知不覺之中，完全變成另一個人，而你自己又改變不了對方的想法，煩惱就產生了。」

問：「我們年輕人怎麼解決？」

答：「沒得解決。一、就是離開這個人。二、就是強忍。都是看你愛對方愛得有多深。其實，也都是自己想出來的。因為你兩者都想要，或者兩者都做不了，煩惱就來了。」

問：「宗教信仰能不能幫你解決？」

答：「那才是叫做逃避。」

問：「我們年輕人，分不開，也不懂。」

答：「你別整天把我們年輕人掛在口中，我們也年輕過。年輕時分不出甚麼是煩惱，甚麼是一定要活下去。年輕人享受體驗煩惱的感覺，就像辛棄疾所說：『為賦新詞強說愁。』大家都有過這個階段，醒悟得早，醒悟得慢，要看一個人的靈性了。」

問：「活下去是那麼重要嗎？」

答：「有時，是一種無奈。」

問：「多愁善感，美不美？」

答：「不美，甚麼事都想到負面上去，這種人要避開。林黛玉也許很吸引年輕人，但這種女人悶死人，整天哀哀怨怨，煩都煩死了，送給我我也不要。」

問：「那是天生的呀？」

答：「我也承認這一點，所以愈來愈相信宿命論，遺傳基因決定一切。物以類聚，讓他們相處在一起，互相享受好了。我們不同的人，要避開。」

問：「避不了呢？」

答：「又要回到愛得有多深忍與不忍的問題了。」

問：「（懊惱）說來說去，還不是沒說得好。」

答：「有一種辦法，叫做自得其樂。」

問：「怎麼自得其樂？」

答：「做學問呀！」

問：「普通人怎麼要求他們去做學問？」

答：「我所謂的學問，並不深；種花、養鳥、飼金魚，簡簡單單的樂趣，都是學問。看你研究得深不深？熱誠有多少？做到忘我的程度，一切煩惱就消失了。你已經躲進自己的世界，別人干擾不了你。」

問：「做買賣算不算是學問？」

答：「學問可大着呢。研究名種馬的出生也是學問。」

問：「我甚麼都不會，也沒有興趣，怎麼辦？」

答：「看漫畫有興趣吧？」

問：「有。」

答：「甚麼漫畫都看好了。中國的連環圖，日本的暴力書，英國式的幽默。等你看遍了，就是漫畫專家，別說沒有煩惱，還可以靠它賺錢呢。」

問：「我明白了，所以你又拍電影，又寫作，又學書法和篆刻，又賣茶，又開餐廳，你的煩惱，一定很多。」

答：「……」

寫作

問：「談過關於你對人生的一些看法，你本身是個作家，還沒問過你寫作的事，是甚麼時候開始寫的？」

答：「你我一樣，都是在唸小學的時候，老師叫我們作文時開始寫的。」

問：「正經一點好不好？」

答：「我講這句話，是有目的的。等一會兒再轉回來談。如果你是問我從甚麼時候賺稿費？那是在中學。我投稿到一家報館，發表了。得到甜頭之後陸續寫，後來靠稿費帶女同學上夜總會。」

問：「從那時候寫到現在？」

答：「不。中間去外國留學就停了，後來為事業奔波，除了寫信之外，沒動過筆。四十歲時工作不如意，才開始寫專欄。」

問：「是誰最先請你寫的？」

答：「周石先生。那時候《東方日報》好像由他一個人負責，包括那版叫〈龍門陣〉的副刊。周石先生很會發掘新作者，他常請人吃飯，私人聊天，聽到對方在飯局上說故事說得精彩，就鼓勵他們寫東西，我是其中一個。」

問：「後來你也在《明報》的副刊寫過？」

答：「是，我有一個專欄，叫〈草草不工〉，用到現在。」

問：「〈草草不工〉不像一般專欄的欄名，為甚麼叫草草不工？」

答：「草草不工，不工整呀！帶謙虛的意思。當年向馮康侯老師學書法和篆刻，他寫了一個印稿給我學刻，就是草草不工這四個字，我很喜歡。這方印，在報紙上也用上。」

問：「那時候的《明報》副刊人才濟濟，很不容易擠得進去，是怎麼讓你在那裏發表的？」

答：「在〈龍門陣〉寫，有點成績，才夠膽請倪匡兄推薦給金庸先生。當年金庸先生很重視這一版副刊，作者都要他親自挑選，結果他觀察了我一輪文章之後，才點頭。後來做過讀者調查，老總潘粵生先生親自透露，說看我東西的人最多，算是對金庸先生有個交代。」

問：「怎麼寫，才可以寫得突出？」

答：「要和別人有點不同。當時的專欄，作者多數講些身邊瑣碎雜文，我就專門講故事，或者描寫人物，或者談談旅遊。每天一篇，都有完整的結構。幾位寫得久的作者說我寫得還好。問題在於耐不耐久，他們沒想到我剛開始就有恃而來的。」

問：「這句話怎麼說？」

答：「停了寫作那幾十年之中，我不斷地與家父通信，大小事都告訴他，至少一星期一兩封；我也一直寫信給住在新加坡的一位長輩兼老朋友曾希邦先生。寫了專欄，我請他們兩位把我從前寫過的信寄下來，整箱整箱地寄，等於是翻日記，重看一次，題材就取之不盡了。」

問：「你的文章中，最後一句時常令讀者出乎意外，這是刻意安排的嗎？」

答：「刻意的。我年輕時很喜歡看奧·亨利的文章，多多少少受他的影響。愛上他寫作技巧終局的Twist。周石先生說那是一顆『棺材釘』，釘上之後文章就結束。」

問：「怎麼來那麼多棺材釘？」

答：「一篇文章的結構，跳不出起、承、轉、合這四個步驟，但是不一定要依這個次序去寫，把『轉』放在最後，不就變成棺材釘嗎？」

問：「要經過甚麼基本訓練的嗎？」

答：「基本功很重要。畫畫要做素描的基本功，寫字要做臨帖的基本功。」

問：「甚麼是寫作的基本功？」

答：「看書。像幹電影的人，不看電影怎行？寫作人基本上是一個勤於讀書的人，需要從小就愛看書，從小不愛文學，最好去做會計師。」

問：「你是看甚麼書開始的？」

答：「小時看連環圖，大一點看經典，像《三國演義》、《水滸傳》、《西遊記》、《紅樓夢》等，都非看不可。中學時代是做人一生之中最能汲收書本的時候，甚麼書都生吞活剝，只有在這年代你才有耐性把長篇的《約翰·克里斯多夫》、《戰爭與和平》、《基度山恩仇記》等等看完。像一個發育中的小孩，怎麼吃都吃不飽。經過那段時期，就很難接觸到那麼厚的書了，當然，除了金庸先生的武俠小說。」

問：「我也經過那段時期，我也想當一個專欄作家，你認為有可能嗎？」

答：「啊，現在可以回到剛才所說的，做學生時你我都寫過作文。我認為會走路的人就會跳舞，會舉筆的人就會寫文章。你想當作家？當然可能，不過跳舞的話，跳步總得學，寫作也要練習。光講，是沒有用的；你想當作家，就先要拼命寫、寫、寫。發表不發表，是寫後的事。為了發表而寫，層次總是低一點。不寫也得看，每天喊着很忙，很忙，看來看去只是報紙或雜誌，視線都狹小了。眼高手低不要緊，至少好過連眼都不高。半桶水也不要緊，好過沒有水。當今讀者對寫作人的要求不高，半桶水也能生存，我就是一個例子。」

問：「你為甚麼不用粵語寫作？」

答：「我也想嘗試，但是我的廣東話不靈光。香港有許多用粵語寫作的文人，因為他們是以粵語思考。我寫東西，腦子裏面講的是華語，所以只懂得用這方法寫作，而且，我覺得華語能夠接觸到某一種方言以外的讀者。寫東西的人，內心都希望多一點人能夠看到。」

問：「所以人家說你的文字簡潔，就是這個道理？」

答：「只答中一半。我選用的文字，盡量簡單，像你我在聊天，我沒有理由用太多繁複的字眼。當今的華文水準愈來愈低落，有些人還說金庸先生的作品是古文呢。（笑）文字簡單也是想多一點人看得懂。至於說到那個『潔』字，是受了明朝小品的影響，那一代的作家，短短的幾百個字就能寫出一生人的故事。我很喜歡。但對於賺稿費，一點幫助也沒有。（笑）」

問：「你的文章看了好像隨手拈來，是不是寫得很快？」

答：「一點也不快。一篇七百字的東西要花一兩個鐘頭；寫完重看一遍，改；放了一個晚上，第二天再看，再改。這是我父親教我的寫作習慣。至於題材，無時無刻地思考，想到一個，就儲起來，作夢也在想，現在和你談天，也在想。」

問：「你一共出了多少本書？」

答：「已經不去算了，反正天天寫，七百字的短文一年可以集成三本左右，一星期兩千字的，一年集成兩本。寫餐廳評論八百字的，一年也是兩本。」

問：「都是發表過的文章？沒有為了出版一本書而寫的嗎？」

答：「先在報紙和週刊上賺了一筆稿費再説，中文書的銷路實在有限，單單出書得不到平衡。」

問：「為甚麼你講來講去，都講到錢？」

答：「為理想而不顧錢的階段，在我人生也有過，但是不多。不過錢多一個零少一個零對日常生活也沒甚麼改變，錢只是一種別人對自己的肯定，我是俗人，我需要這份肯定。」

問：「要是在美國或日本的話，你的版稅一定不得了。」

答：「我從前在電影公司做事，一位上司也向我這麼說。我回答說當然不得了，但是如果我生活在泰國，誰會找你出中文書？要是我在柬埔寨寫作，早就被送到殺戮戰場。做人，始終是比上不足，比下有餘，知足常樂。」

問：「聽說你的稿費很貴？到底有多少？」

答：「唉，年老神衰，寫不了那麼多，對付那些前來邀請的新辦雜誌編輯，我只有吹牛説人家付我每年一百萬港幣，你給得起的話，再說吧！」

問：「你的稿費就算再高，研究純文學的那班人從來看你不起，他們一向提都不提你。」

答：「（嬉皮笑臉）不要緊。」

問：「你有沒有想過你的文章能不能留世？」

答：「倪匡兄也遇到一位所謂純文學，或者叫為嚴肅文學的作者。她說：『倪匡，你的書不能留世，我的書能夠留世。』倪匡聽了笑嘻嘻地說：『是的，我的書不能留世，你的書能夠留世。你留給你兒子，你兒子留給你孫子，就此而已。』倪匡兄又說：『嚴肅文學，就是沒有人看的文學。』」

問：「哈哈。他真絕。」

答：「能不能留世，根本就不重要，最重要的是保持一份真，有了這份真，就能接觸到讀者的心靈。倪匡兄說過我就是靠這份真吃飯，吃得很多年。」

問：「你難道一點使命感也沒有嗎？」

答：「有了使命感，文字一定很沉重，和我的個性格格不入。」

問：「你的文章中有很多遊戲，又有很多歪曲事實的理論，不怕教壞青少年嗎？」

答：「哈，要是靠我一兩篇亂寫的東西就能影響青少年，那麼教育制度就完全崩潰，每天花那麼多小時讀的書，都教不到他們的判斷力，多失敗！」

問：「你寫的多數是小品文，為甚麼不嘗試小說？」

答：「我也寫過一本叫《追蹤十三妹》的小說呀。」

問：「我看過，還沒寫完。」

答：「我會繼續寫的，都是用第一人稱，新書只說一個新人物，也認識十三妹這位六十年代的專欄作家。寫多幾本，也是把每一個人物都串連起來，我這一生人，只會寫這一輯小說。」

問：「甚麼時候才寫？」

答：「等我停下來。」

問：「你停得下來嗎？」

答：「（呆了一陣子）大概停不下來吧。」

問：「對於寫作，你可以作一個結論嗎？」

答：「記得十多年前有本雜誌，叫甚麼讀書人的，請了金庸先生親筆寫幾個字，他老人家錄了錢昌照老先生的「論文」詩，詩曰：

文章留待別人看，

晦澀冗長讀亦難；
簡要清通四字訣，
先求平易後波瀾。」

《未了集》

一向端莊，當校長的母親，忽然一天嚎然大哭，把我們四個兒女嚇得臉青。

隔了很久，等她情緒安靜下來問：「媽，這是何苦呢？」

聽了又不禁下淚，媽說道：「你大舅死了。」

「是不是在金山小學當校長的那位？」

母親抹乾了眼淚，點頭。

「生病？」

「不是，是被人槍斃。」

這種在電影中才有的事，居然現實中也發生，到底為了甚麼？事後才知道，

大舅的學校裏有一個頑劣的學生，又偷東西又欺負同學，結果給大舅開除了，這

個野獸後來當了黨的幹部，回來復仇，弄個莫須有的罪名，把大舅就地正法。

唉的一聲，又問：「還有多少個兄弟？」

「還有你二舅。」媽媽說：「他很年輕的時候就很愛國，很愛黨。」

「二舅幹甚麼的？」

「學美術，是鄉裏唯一一個考進杭州藝大的，畢業後回來，整村的人都到火車站迎接，哪知道看到的是一個揹着一大堆木頭和刻刀的，都搖頭嘆氣說做木匠嗎，為甚麼還要老遠地去讀書？」

說到這裏，我笑了出來，但想到大舅的事，又沉重了，問道：「大舅給黨槍斃了，二舅不恨黨嗎？」

母親搖頭：「他滿腔熱血，說要為國家做事。在國立藝專時的思想已經左傾，參加過進步組織的火花讀書會，給國民黨抓去。唉，當年的年輕人，誰不被那為國為民的理念吸引呢？」

「那麼黨應該大大表揚他才對啊。」

母親苦笑：「文革來了，冤枉了多少藝術家！二舅不能幸免，在牛欄裏的所謂幹校，種田養豬過日子，每天還要受到批判，就那麼關了八年。」

我記得那段日子，家裏人不斷地往大陸寄東西，一大罐一大罐的豬油等等。舊衣服，不能寄新的，新的收到了又會惹麻煩。有時，還會寄打火石。想起了豐子愷先生收到廣洽法師從新加坡寄去的打火石，笑說就是「香火緣」，這群受迫害的藝術工作者，心中沒有怨恨，只有自娛。

在八十年代，我的尋根念頭愈來愈強，向父母說我們不如去潮州看看吧。家父擔心看到的一切會令他傷心，只有游說媽媽去見二舅。

終於成行。

第一次見到二舅，已是一位老人了，已有點發福，不像他的木刻自畫像作品中那副年輕人擁有的又飢餓又清瘦的印象。中國人不流行西洋的禮節，但我心中緊緊地擁抱着二舅，從他寄給爸爸的木刻拓本，我非常喜歡又尊敬這位藝術工作者。

請二舅一家到餐廳吃飯，這時的府城，經濟雖然不發達，但是魚蝦蟹還是吃得到的，我們這些在海外生活的人，飲食習慣已經不同。

點了炒菜，請二舅多吃一點蔬菜，二舅微笑：「你們吃吧，我那八年，天天吃。」

一句普通的話，是多麼令人心酸！

吃完飯二舅帶我們到湘子橋觀光，站在橋上，看到急流，二舅不動聲色地說：「這個念頭不斷出現過，如果再來一次，我一定從橋上跳下去！」

聽了忍住眼淚，好在回到二舅家，見他整群兒女，有的還抱着二舅的孫子，我又覺得欣慰，表弟表妹們都長得英俊美麗，潮州人叫漂亮女孩子為確姿娘，我的表妹們的確稱得上這句潮州話。

看舅父在金山中學附近的老家，與母親的形容，已面目全非，潮州古城昔日街道上擺滿牌坊，建築比京都還要優雅，老家木樑的雕刻，本來是空挖出一個個的歷史人物，像舞台一齣齣的劇，但為了怕人來抄家，用水泥填滿，後來想恢復原狀，怎麼挖也挖不了。

為了令氣氛輕鬆，我把我在海外聽到的黃色段子一篇篇講給二舅一家聽，兒女們當然樂了，連不苟言笑的二舅媽，也笑得流出眼淚來。

平反後，二舅當了廣東省舞台美術學會顧問、汕頭畫院顧問、潮汕畫院顧問，潮州話劇團的美術都由他指導，他謙虛地說：「甚麼顧問？不過是個布景師。」

在香港，我時常買木刻刀寄給二舅，受了他的影響，我對木刻大感興趣，在清邁買了一塊地，收集大量木頭，想告老後在那裏刻佛像。

「你寄來的刻刀都是鑿立體的，我用的是版畫木刻刀，不同的。」他的信中說。

我才感到慚愧和無知。信中問二舅：「那你對我想刻佛像，有甚麼意見？」

回信上說：「刻的別像佛，要像人。」

這句話，沒有忘記過，現在不管在攝影、寫文章或寫生，都要像人。

二舅去世多年，他兒子洪鐘要為他出一本書，叫我題字，書名為《未了集》，我刻佛像的心願也未了，只有寫一篇文章來紀念二舅。

奶母

那時候弟弟還未出生，我一有記憶，是家族除了爸媽、哥姐之外，還有一位很重要的成員，那便是奶媽。

奶媽，我們潮州話叫「奶母」，姓廖，名蜜，沒有人知道，也沒有人叫過，家裏友人都跟着我們叫奶母。

奶母樣子平庸，也因為平庸，令她逃過一劫，這是後話。她從不對我們隱瞞身世，鄉下人之故，不太會撒謊。

為甚麼會來到我們家？奶母雖是鄉下人，個性是非常剛烈的，被雙親安排嫁了一個大少，但大少從小無所事事，只學會了抽鴉片，奶母未受過教育，但好壞分明，知道甚麼是好，甚麼是壞，而抽鴉片，是壞的。

懷了孕，她不斷地勸丈夫戒掉惡習，但屢勸不聽，她向丈夫說：「如果再不聽，就不能阻止我要做的事。」

你要做甚麼事，離家出走嗎，一個懷孕的女人？她的忠言不被接受，兒子生了下來，奶母想了又想，最後，抱着他，走到廚房，在灶下扒了一手灰，掩向兒子的口。

「長大了反正也是和父親一樣成為毒蟲，沒用。」她說。

禍闖大了，她漏夜收拾兩三件衣服，便逃到了城裏，碰巧我媽媽生了姐姐，奶水不足，便請了她，這一來，她跟了我們家幾十年。

家母接着生哥哥，但他沒有吃過奶母的奶，我也當然沒有吃，但我們都叫她奶母。

後來，我們一家過番，到了南洋，問她要不要跟，她無親無故，也就跟了過來。

從此家中一切大小事都交了給她。奶母甚麼瑣碎工作都做，當然包括煮食，在大家庭生活過，燒得一手好菜。媽媽也好此道，兩位我生命中最重要的女性，在廚房中忙得團團轉，超出了僱主和僕人的關係。

最記得奶母的一道菜，是炸肉餅，當年奶母已學會用豬頸肉，切得薄薄的一片片，再拿英國梳打餅，藍花鐵盒的 Jacob's Biscuits，在石臼中舂碎。肉片沾蛋漿，鋪在餅碎上後炸。

小孩子哪會不喜歡油炸東西，哥哥一吃十幾片。

奶母甚麼都會做，就從來不做粥，稀飯是吃不飽的，這是鄉下人的説法，所以一向只做飯，一大早就做，捏成飯團，交給哥哥拿去學校，趕時間在途中吃。

日本人侵佔新加坡，奶母跟着父母逃難，躲在馬來小村，但也得有補給，奶母大膽地出去購物，歸途遇日本憲兵檢查，摸了摸她的褲襠，也因樣貌平庸，沒下手。奶母時常把這可怕的經歷告訴我們。小孩子，不懂，聽了之後只覺滑稽，笑了出來。

奶母從此也沒有被男人碰過，除了當年十歲的我。每天的家務做得腰酸，睡覺前叫我替她在背上塗藥，記得她的姿態是美好的，尤其在她梳頭時。

一頭長髮，紮了一個整齊的髻。和別的女人不同，每天要洗，用的是一塊塊的茶餅，那是搾完茶籽油後的剩餘物，最原始的洗髮精，茶餅掰下一塊，浸着水，就能用了。

愛乾淨的習慣令到她的工作加重，每天都把我們一家大小的衣服洗得潔白，內衣也要熨平，由此雙手手指縫中脫皮，甚至痕癢，晚上也由我替她搽藥水才能入睡。

搬到後港的大屋中後，工作更為繁忙，巨宅窗戶最多，每天打開關閉都有幾十扇，奶母從不抱怨，默默地動手；家父又喜種花種草，澆水的事也交了給她。

不記得是甚麼時候開始，家中養了一隻長毛大狗，站起來有人那麼高，名叫Lucky，連狗糧的事也要她做了。最初Lucky很聽話，會與我們握手，扔了東西也叼回來，但是，忽然有一天發了狂，把奶母咬傷，進了醫院，奶母身體非常健康，這麼多年來，是第一次到醫院去。

年輕的我，也應該受了奶母的影響，愛恨分明，個性強烈，嫉惡如仇，這麼一隻畜牲，竟敢咬傷我心愛的女人！當年槍械管制寬鬆，我們家有一管散彈獵槍，我裝上子彈，往 Lucky 開了一槍，那麼大的狗飛了出去，只見變成一塊扁平的皮，拖出花園埋了！

在學校，我和幾個壞同學學會了抽煙。晚上看書，看通宵，煙灰碟塞滿了煙頭，不知往哪裏放，就藏在床下，翌日只見洗刷了，又放回床下，奶母沒向父母告密。

思春期到了，人生第一次的夢遺，底褲沾滿精液，也不知哪裏放，當然又是床下。翌日，不見了，又被洗得乾淨，而且熨平，放回衣櫃。

是出國的時候了，我當然懷念父母和家人，也只知沒有了奶母，再也吃不到那些美味的炸肉餅，日子怎麼過？但是當年，已抱着苦行僧的心態，年輕人吃苦是應該的，不顧一切，往前闖！

那時候的留學生哪有一年回來一趟的奢侈？一出去就是漫長的歲月，和父親通信的習慣是養成的，家書不斷，但沒有聽到家人提起奶母的消息。

後來才明白家人怕影響我的學業，沒有把奶母去世的消息講給我聽，當然無法奔喪。大丈夫嘛，有甚麼忍受不了的？但是，晚上夢到奶母，偷偷哭泣。

這麼多年來，我還是，偷偷哭泣。

二哥

家父是個文人，遺傳下來。大姐蔡亮當校長，也著書數冊。大哥蔡丹文采也不錯，可惜數年前仙遊。弟弟蔡萱當電視監製數十年，偶而也在《聯合早報》上寫專欄，今日接友人寄來他描述我的文章。兄弟嘛，總有三分情。我做文抄公，賺回一點稿費，不過份。題為《二哥》。

二哥蔡瀾身份極多，是寫作人、電影製片、食評家、旅遊策劃、食品商人等。他愛看書、嗜美食、喜烹飪，還精通書法、金石、繪畫、攝影等，是個雜學之士。有的人當他是偶像，我卻敬佩他的多才多藝。

很多人以為二哥生在香港，其實他是新加坡人，只因在香港工作，住了三十多年，喜愛香港的自由和氣候，現已比香港人更熟知香港。

二哥年輕時脾氣有些急躁，現在卻凡事看得開，心平氣和，雖年長我六歲，外貌卻比我年輕。

自小和電影結緣，父親是南天大華戲院經理之故，奶媽一邊餵二哥吃飯，一邊看電影長大。中學時他常逃學，帶一名騎綿羊仔的同學去看戲，一天五場，為看懂西片努力學習英文，早上華校，下午英校。

求學時在報上寫影評，得了稿費就邀一兩好友上酒吧作樂花光，說是體驗生活。當時有一位導演叫易水，拍了兩部本地電影，二哥下筆評得好差，父親與易水相識，兩人相遇，父親忙向易水道歉。

在學校，二哥的中英文很好卻討厭數學，有時在測驗卷上畫隻豬，常得零蛋。那時他對繪畫深感興趣，曾向劉抗老師學粉畫。記得他說過，粉筆的顏色畫人肌膚最像。開始他只畫水果，後來畫人像，尤其是畫女孩子畫得美。

中學時他交了不少女朋友，又迷上攝影，常找她們拍照，家中更自設暗房沖印，我發現，他喜歡的，多是高挑長髮的女孩子。二哥幾個女朋友中，有位曾為他自殺未遂，幸好大姐幫忙把事擺平，家人才鬆了一口氣。

二哥的經歷豐富多彩，正如他監製過的電影，讓人緊張、好笑、刺激、多變化。我行我素，放蕩不羈，學校容不得他，叫他退學，他就轉讀其他學校，後來乾脆到日本去留學。

一住八年，同時為邵氏當日本分公司經理。前陣子見他上日本電視節目《料理的鐵人》當裁判，以流利日語評論，令日人折服。他在日本大學唸的是影藝系，後來我也到日本求學，在二哥住的地方找出當年他拍的八厘米作品，一看他用的主角，又是一位高挑長髮的女子，那是他在日本的女友之一。

邵氏在東京車站八重洲有間小辦事處，職員只有兩三人，二哥主要工作是接洽買日本片、香港影片沖印、聘請當地導演等。女明星到日本整容，也請二哥安排。出院後請她們在家裏吃飯，故意說些笑話，引得女藝人又笑又喊痛，因為牽動面部貼着膠布的傷口。

一次，邵氏與台灣電影公司合作，二哥負責，遇上當地監製張小姐，日久生情。母親見二哥年齡漸長，一個人在外地沒人照顧，勸逼二哥結婚，後來張小姐就成為我二嫂了。二哥在文章中極少提及自己太太，二嫂也一向低調且聰明，深知二哥行為性格，從來不約束，任他闖蕩江湖，倦馬回槽之理。

那時我在南洋大學畢業，還想進修影藝，當年家裏只是小康，沒餘裕再讓我外國留學，二哥知我心願，答應一切由他來負擔，我在日本三年學費和生活費，都託二哥省吃省穿所提供，至今我感激心中。本來我也想從事電影，但二哥看出日本影業步入斜陽，勸我改唸電視發展得更快，後來情況確是如此。

二哥在邵氏多年，一方面向馮康侯老師學書法和篆刻。馮老師來頭不小，中華民國成立時，最早一枚國璽是馮老師所刻。二哥勤修之下頗有成績，初期著作的書名都由家父題字，父親過世後再出版的書，由二哥效仿字跡題寫。

邵氏減產後到嘉禾去，監製許多片子，包括成龍的戲。後來電影業受盜版打擊，二哥在機緣巧合下、和當年留日同學徐先生合作，進入他旅遊業的年代。

所策劃之旅行團雖比一般的貴，但吃、住、行都是一流享受，參加過的人都覺物有所值。

二哥雖住香港，每年必為父親忌日和母親生日回新加坡兩次。

自小好奇心重，喜歡嘗試新事物，以自己所創方法去製作和經營茶、醬料、月餅等食品。他有句名言：凡事去做，成功率是五十、五十；不做，成功率是零。他只享受製作的過程，能否賺錢是其次。

有任何煩惱，二哥從來不向任何人訴苦，他認為講了聽者也幫不上忙，徒增他人的不快和擔心。

最怕與言之無味的人交往，說是浪費生命，又表示到如今年紀，有資格直話直說，不必顧慮太多。

要形容二哥只能用他在專欄中寫過的一段插曲：在飛機上突遇氣流，機身大震，有人嚇得面青唇白，見他若無其事，不服問他：你曾死過咩？二哥懶洋洋回答：我曾活過。

為蔡萱作序

弟弟蔡萱在新加坡《聯合早報》副刊的專欄，將結集成書，由天地出版社出版，我這個做哥哥的，怎麼也得把寫序的工作搶過來做。

想起來像昨天的事，媽媽生下大姐蔡亮、大哥蔡丹和我，之後就一直想要一個女的，所以小時常讓蔡萱穿女孩子衣服，好在他長大後沒有同性戀傾向。

記得最清楚的是蔡萱小時消化系統有點毛病，像一隻動物，本能地找些硬東西吞入腸胃來磨食物，所以常坐在泥地上找碎石來吃。

長大一點，懂得到米缸旁邊，左挑右選找到未剝殼的米粒就吞進肚子。硬東西愈吃愈瘋狂，有一天把一個硬幣，像當今港幣的五毫銅板那麼大，也一口吞掉。母親一看大驚失色，即刻把他抓去看醫生，西醫開了瀉藥，超過四十八小時才排出來，用筷子挾起，拼命沖水，洗個乾乾淨淨做個紀念。我們做姐姐哥哥的也好奇一看，銀幣變成了黑色，可能是受了胃酸腐蝕之故。

南洋人有用抱枕的習慣，蔡萱小時已懂得把綁住封套的布結撕成羽毛狀，輕輕地搿着自己的鼻子能容易入眠，這也許是另一種方式的「安全被單」吧？

在還沒有學會走路之前，蔡萱由我們三人輪流抱着，最疼他的是我們的奶媽廖蜜女士，她從大陸跟着我們一家到南洋，四個孩子都在她的照顧下長大。當年我們家住在一個遊樂場中，叫「大世界」，模仿着上海的娛樂場，有戲院、舞台、商店和舞廳。夜夜笙歌，是當地人夜遊之地。晚飯過後，奶媽就抱弟弟到遊樂場中走一圈，看看紅紅綠綠的燈，他疲倦睡去，帶回家休息到半夜，忽然醒來，用手指着遊樂場，咿咿哎哎，非去不可，但是已經打烊了，怎麼解釋，他當然聽不懂，繼續咿哎。鬧得沒辦法，只好再抱出門，他看到一片黑暗，才肯罷休。家父笑說這個不甘寂寞的孩子，長大了適合做娛樂事業。

唸書時，蔡萱最乖，不像我那樣整天和野孩子們嬉戲。他一有空，就看書，最初不懂運用文字，說一個瓜從山上骨碌骨碌掉下來，爸爸說那叫滾瓜爛熟。從此他對成語很感興趣，經常背誦，出口成章，都是四個字的。

小學四五年級，蔡萱已學會寫作了。我們那輩子的孩子都是看金庸先生的武俠小說長大，但從來沒有想到自己去寫，蔡萱不同，用了一本很薄的賬簿，將小說寫在頁後空白之處，寫完了一本又一本，洋洋數十萬字，把我們全家人都嚇倒。不知道那些傑作有沒有留下，現在看起來，一定很有趣。

姐姐常說蔡萱是一個讀書讀得最長久的人：幼稚園兩年，小學六年，中學六年，大學四年，畢業後又去日本唸電視三年，加加起來，一共唸了二十一年的書。

家父隨着邵氏兄弟由大陸到南洋，任職宣傳及電影發行數十年，退休後工作由大哥蔡丹接任，也做了幾十年。我自己一出道就替邵氏打工，也已夠了吧？一家人之中有一個不幹電影的也好，但最後也給爸爸言中，蔡萱加入了電視行業，也算是娛樂工作了。

新加坡電視台最初製作的節目，多數是請港人過去擔任，他們把香港那一套搬過去，全拍些港式連續劇。弟弟剛入行，被認為本地薑不辣，沒有進取的機會，後來他寫了新加坡人生活的劇本，大受歡迎，帶本地色彩的連續劇拍完了一集又一集，站穩了他當監製的地位。

可能是母親的遺傳，我們四名做子女的，都能喝酒，蔡萱尤其喜歡喝酒，幾乎天天喝。沒有一個大肚腩，是拜賜了一套內丹功，他每天練，身體保養得很好，一點也不胖。

在留學時認識了一個日本女子，就和她結婚了，可見對愛情很專一，生下一子蔡曄，一女蔡珊。

和他太太兩個，都是愛貓之人，最初買了兩隻波斯貓，一公一母，以為會生小貓來賣錢，但是那隻雄的不喜歡交配，雌的只有紅杏出牆；後來家裏養的那三十隻，都是混得不清不楚的，但他們兩人照樣愛護不已。

閒時，弟弟愛打打小麻將，他是台灣牌的愛好者，與我一樣。我一年回去一兩次，就和他及幾位老朋友搓個不亦樂乎，看誰贏了，就請大家到附近的麵檔吃吃消夜，喝喝啤酒。在新加坡，日子過得快。

蔡曄和蔡珊已都結婚，蔡珊還生了一個兒子，蔡萱做了公公，電視的舞台也閉幕，過優哉游哉的日子，無聊了重新拿起筆來寫散文，所見所聞所思，可讀性極高。

大姐大哥有他們家庭要打理，我又一直在海外生活；家父去世之後，媽媽的起居就一直由蔡萱照顧。她老人家已行動不便，但不做點運動是不行的，早上由蔡萱推着輪椅，到老家對面的加東公園散步，是蔡萱每天要做的事。

自認不孝，但好在有這位乖弟弟，才放心。

我一直衷心地感謝他，不知道怎麼報答，為他出書時作這一小篇序，感情的債，還是還不清。

弟弟的貓

小時候住後港六條石，地方好大，足二萬呎的花園中，有個羽毛球場。

南洋人稱一里路為一條石，這老家離市中心六里。在三條石的三里，有個墳場。家父的老友一位位逝世，都埋葬在那裏。他每天經過傷心，決定把房子賣掉，搬到現在這個地方。

小得多了，因為子女一個個搬出去住，只留爸媽和弟弟蔡萱一家，六七個房間的兩層樓建築，是四五十年代的 Art Decor 建築，有個大陽台。

要是你經過我的老家，一定認出，是因為陽台上有很多貓望着你。

弟弟和弟婦松尾八重子兩人本來都不愛貓，兒子蔡曄有一天把一隻流浪貓抱回家，養了下來。等到蔡曄和妹妹蔡珊兩人都出國留學，做母親的寂寞起來，到寵物店去買了一對灰白二色的波斯貓回來，價錢不菲。

「等牠們生了小貓，又可以拿去賣。」弟婦八重子說。這是專養高級貓的人的理想，多數不成。

小貓是生了，生出隻雜種。

雄波斯貓懶惰，讓抱回來的那隻土貓給幹掉了，生出來的完全沒有波斯樣，出賣的希望便落了空。

賣不出去，繼續養。

家父生前不喜歡貓，因為牠們常到他的書房去方便，弄得一股貓味，減少了書香。

所以四隻貓都住在弟弟房內，各佔一角。

貓和其他動物一樣，自己的地盤是很重要的，絕對不允許他貓在侵佔，即使是與對方發生了性關係，也不抱在一起睡。

說到性，貓界並無法律，隨便來一下，春情發了，亂倫事件是很平常的。

第二代的那隻雜毛貓，生了幾隻小貓，奇怪，母親是灰白毛波斯，父親是全赤色土種，第二代貓灰白赤三色，但為甚麼生出來的是全黑的呢？

「一定是偷偷跑出去和隔壁的那隻搞出來的。」這是眾人的結論。

「三個顏色以上，混出來就會變成黑的。」我亂說，大家都相信。

群貓繼續生貓，祖母也生，女兒也生，孫女也生，已經好幾代同堂。家裏現在有二十一隻貓，一隻也賣不出去。

二十一隻還不算已經去世的。貓八個月就能懷孕，其中一隻是個不良少女，生了小貓後自己通宵去玩，不懂得照顧，結果都夭折了。

其實每隻貓都有不同的個性，樣子很像，但養熟了就能一眼看出。除了那隻貪玩的，還有膽小的、陰沉的、近主人或不近主人的、整天嚷着要吃的、老饕型擇食的和學狗搖尾巴的。

觀察久了就會發現牠們只有一個共同點，那就是讓位的天性。

群貓在弟弟的房間各佔一角，已經沒有角可佔。做父親的，一生下小貓之後，便自動離去，走出房間，把地盤讓給牠的結晶。

花園中有兩隻貓很親密，形影不離結伴而行，常用舌頭互舔對方的皮毛，起初還問弟弟是不是一對夫婦？原來是兩隻已將地盤讓出的父親。

同病相憐，或生同性戀？貓也有同性戀的嗎？沒看過，只是像從前的中小男學生，成為好友就互相牽手，毫無現代人的猜疑吧？

養了一房子貓，當然有貓味，就連我的房間也有一點。下飛機後搬進行李就聞到，拼命拿那罐 Lysol 來噴，但住了幾天便嗅不到，也不再噴 Lysol 了。

三傻出國記

回去拜祭家父的第五回忌期，問起大嫂，談及大哥仙遊，也將近兩年了。

雖然表面上我常和大哥爭辯一些事，但內心裏一直很愛這位哥哥，家父生病時，他親自揹老人家去醫院看病，孝順得像古小説中的情節。

談起小説，大哥最愛看書，尤其是我寫的散文。每次回家探親，他都追問有沒有新書出版。

除了在老家相見，我在日本生活那段日子沒有遇過他，反而我駐台北時，大哥來買台灣電影的版權，時常一齊去喝老酒。我在香港長住後，他也為工作一年來幾次，最愛去上海澡堂子擦背按摩修腳。

回想：弟弟也是到日本讀書時見過一陣子，我們三兄弟一塊兒真正度假旅行，只有去印尼椰加達那一趟。過程好像在甚麼地方向讀者略為提過，今夜夢迴，想念起大哥，只有讓各位忍受我重播這個旅程。

為甚麼選擇印尼？皆因當年我和一位叫嘟蒂·慕提雅的印尼製片人合作監製過一部馬來電影，賣個滿堂紅。這個合作由大哥促成，慕提雅為了報答我們，說去了印尼好好招待。弟弟雖沒參加攝製，也成了座上客。假期為期四天三夜。

嘟蒂·慕提雅是個大肥婆，印尼和荷蘭人的雜種，生了一頭火紅的頭髮。四十多歲了，為人開朗，整天嘻嘻哈哈。家裏有錢，唯一志願就是拍電影，傾家蕩產亦無妨。

從新加坡飛椰加達，一個多小時就抵達。慕提雅親自在機場等待。送我們入住一個叫安兆的度假村，是間五星級酒店。我知道它有一間間獨立的別墅小屋Bungalow 出租，要了一間大的，三間房，有個共用的客廳和廚房。

忘記換錢，我拿出一疊美金給慕提雅，「現在印尼盾是甚麼兑率？」

慕提雅一下子把錢沒收：「來到印尼，還讓你們花錢的？一切由我付，回去時把美金還給你。」

拗不過她，恭敬不如從命，也打不過她，她那麼大隻，一伸手臂就能把我們三兄弟推倒。

大哥只對賭博有興趣，問道：「晚上去隔壁的賭場怎麼辦？」

「你簽單，他們就給你籌碼，我已經吩咐過了。」賭場像是她開的，「先醫肚子，到我家去吃東西，餐廳做的印尼菜，沒我們那麼好吃。」

印尼人有錢起來真是嚇死人，慕提雅的豪宅，進入大鐵閘之後還要五分鐘車程，經過國家公園般的叢林才抵達門口。所謂請吃飯，並非一桌。她在大廳中擺滿了食物，像是酒店的自助餐，有十幾個廚子拼命捧出菜餚，一家都是女將。

咖喱種類數不清楚，燒的、煎的、炸的、煮的，雞、牛、羊齊全，我看到類似紅燒蹄膀的食物混在裏面。

「我只是半個印尼人，也只是半個回教徒。」慕提雅大笑，「所以我只能上半隻豬蹄。你們來到印尼，就要來吃印尼菜，我在巴東出生，試試看我家的巴東牛肉。」

哇，真是沒有吃過那麼香濃的巴東牛肉，辣度適中，入口即化，到現在還一直懷念。

單單是甜品已有百多種，每小碟四件，試過就沒得再吃，剛好是我們四個人的份量。我對甜東西沒有好感，但看到小時候吃過的糯米糍，上面鋪着椰絲，一咬進口，裏面還有椰漿餡，忍不住來了一粒。還有那碟小千層糕，何止五顏六色，那麼小塊之中，的確有數十層之多。

吃得已飽得不能彈動，大師傅又捧出一碟另類咖喱，慕提雅堅持我們一定要試，一進口才知道是大麻熬出來的。印度豪宴中也有一道快樂湯，異曲同工。喝完飄飄欲仙，食慾大增，又能吃更多的東西。

「醫好胃，就要醫胃袋下面的器官。」慕提雅宣佈：「我沒有徵求你們的同意之前，已經替大家準備了幾個華僑女子，讓你們享受享受。」

「是你自己說的，來了印尼吃印尼菜，來了印尼，怎麼會要中國女人？」我笑着說。

「印尼女人黑猛猛，中國人都說是豉油雞，我不知道你們有興趣。」慕提雅驚訝。

「你又不是男人，哪知道我們喜歡些甚麼？」我又嘲笑她。

「好。」慕提雅拍自己的大腿，「我想到了，印尼女子，最好的我只認識一個，介紹給你們。」

「怎麼好法？」弟弟忍不住問。

「呀！」慕提雅未説明已經叫了起來：「她是從前皇族訓練出來的最後一個美女，專門研究房術來服務男人的。和她睡覺，身體動也不動，全靠內功，就能在幾分鐘之內，把最強壯的男人弄得崩潰。」

「你説的好像自己試過。」大哥也參加一份來取笑她。

慕提雅哈哈大笑：「我沒有那根東西，要試也試不出來呀！」

我們三兄弟都想看看這個女人是怎麼一個樣子。

「好，我就去打電話，約她在你們的酒店咖啡室見面！」慕提雅一溜煙不見人。她說的「從前」，到底從前多少年？會不會是一個像她一樣的老太婆？

天熱，回到旅館後先沖一個涼，走上浴室，看房間雖然不大，但離天花板有二層樓半高，用鐵柱吊下三把風扇。冷氣開着的時候不用，若要自然空氣開窗。大床掛着蚊帳，非常性感，令人遐思。

走到咖啡室，大哥和弟弟已在等待。不一會兒，慕提雅來了，衝在前面急步打招呼。跟着的，是一位三十歲左右的女人，丰采優雅，不化妝的面貌帶着很耐看的氣質，頭髮梳成個髻，插着雕工精細的玉釵，其他一點珠寶不戴，腕上連手錶也不見一個。

身材比想像中嬌小，但令人致命的是她的腰，真細，怎麼裝得進腸胃？該小的地方小，該大的大。印尼傳統服裝上衣是差點透明的絲質織成，隱約見胸圍，明顯地看見很深的乳溝。下半身的綢布染花紗龍，大紅大紫，包着豐滿的臀部，走起路來不能大步，全身擺動的只是腰。

「我替你們介紹，這位是奧絲曼夫人。」慕提雅說。

我細聲地問：「怎麼，有老公的？」

奧絲曼夫人靈敏地聽到，笑了一笑：「剛離了婚，習慣上還是跟丈夫姓。」鬆了一口氣，奧絲曼的英語說得很標準，不帶討厭的南洋口音。我們三兄弟都會說幾句印尼話，馬來語與印尼文，不過是沒那麼高深的文法。還是講當地話，比較親切。

慕提雅解釋：「印尼女人多，地位賤，夠膽和丈夫離婚的女人，都是有勇氣的女人，也表示她們經濟獨立，想做甚麼就做甚麼，從來不接受男人的挑戰。」

「慕提雅夫人也不是獨身的嗎？」奧絲曼問。

「死的，不是離的，不算數。」慕提雅大笑後單刀直入：「你們沒有功夫談情說愛，我已經向奧絲曼說清楚，要是她覺得對你們有緣分的話即刻就上。別浪費時間，可惜她人只有一個，由她來決定。」

奧絲曼含羞低着頭，不像是女強人，但表示她有意思。大哥對我們兩個弟弟最好，他說：「我棄權，我去賭場，你們慢慢聊。」

說完大哥先走人，剩下弟弟和我。

「怎麼樣？」慕提雅催促。

奧絲曼的頭更低了，嬌俏細聲向慕提雅說，也讓我們兩兄弟同時聽到：「年紀愈輕，次數愈多。」

完了，我弱小的心靈，即刻受到損傷。

奧絲曼起身主動地拉着弟弟的手離去。望着兩人的背影，慕提雅安慰：「我們拍電影的，身邊女人多得是。」

「是、是。」我說。心中在想：「不要時真的多的是；想要時，她們在哪裏？」

「走、我們去看看你大哥手風怎樣。」慕提雅提議。

貴客房可真熱鬧，男男女女，衣裝隆重，有些還穿了踢死兔和晚禮服。

籌碼一個最低額是一千塊美金，大哥手上拿了一疊，嘀嘀嗒嗒地敲打，看下紅的或黑色的注。

打扮得絕對是時裝模特兒的伴侶，各種國籍齊全，在客人之間穿梭，其中有一個身材很突出的。穿着一件只是黑白的Leonard，但設計得像彩色繽紛。客人贏了錢，毫不吝嗇送她們一個籌碼，也是一筆豐富的收入。

「選一個吧。」慕提雅慫恿。

但是滿腦子是奧絲曼夫人的倩影，其他女人一概遜色。到底她是不是那麼誘人？也許得不到的，才是最好的吧？

「走，我們到別處去找。」慕提雅拉着我。

旅館的隔壁是賭場，賭場的隔壁是高級夜總會，夜總會的隔壁是卡拉ＯＫ，卡拉ＯＫ的隔壁是的士高，全部充滿女人。

「如果你真選不到，可以去海邊的超級市場。」慕提雅笑着說。

「超級市場？」我說：「買礦泉水？」

「買女人。」

「女人？」

慕提雅說：「平日也有七八百個，到了星期六或假期前一個晚上，最少有三千個。」

「賣淫就是賣淫，為甚麼叫超級市場？」我問。

「又乾淨，又便宜，貨色又多，又有組織的購物，不是超級市場是甚麼？」她反問。

去完夜總會又去卡拉ＯＫ和的士高，我從來也沒有在一個晚上看過那麼多的女人。

正想去超級市場時，慕提雅說：「我陪你那麼久，你也應該給我一點時間，我有一個故事要拍續集，回去你的房間，我講給你聽。」

量她也不敢做甚麼非分想法，孤男寡女，不過自己寧死也不會幹。我們回房去，沖了一壺上等鐵觀音，她的故事一個接着一個，一講就講了三個小時。

昏昏欲睡，矇矓之間，慕提雅替我蓋上薄被單。第一個晚上，就那麼浪費掉了。明晚不會沒着落吧？

翌日，大哥帶我們去一家吃魚的餐廳。所謂餐廳，其實只是在湖邊搭了一個草棚，廚房相連。清澈的湖水中，可以看到許多大鯉魚，其中還有五顏六色的錦鯉。

侍者要我們各人選一尾，大哥要條黑的，弟弟要了全身金色的。我那條錦鯉，在日本至少要賣幾十萬円。

劏也不劏，就那麼扔進圓桌般大的鐵鑊中油炸。撈起，再翻炸，炸得骨頭鬆脆，香噴噴連魚鱗也能吃。

每人面前有個石臼，抓了一把指天椒、蒜頭、蝦米、金不換葉子舂碎了，再擠香檬汁進去。加些糖和鹽，甜酸苦辣齊全，有如人生。

把魚肉用手撕下，蘸着醬吃，天下美味。

三呎大的鯉魚，吃了一尾已滿腹，就躺在草排中的竹製大床小憩一會兒。醒來已近黃昏。

「今晚替你安排了一個。」慕提雅夫人前來迎接時對我說：「也是皇族訓練出來的。」

「有沒有奧絲曼夫人那麼好？」我問，心中想，要是有一半我已滿足。

「更厲害。」慕提雅說：「絕對不讓你失望，快點走，她已經在你房間內等着。」

一個女人坐在我房間的床邊。奧絲曼夫人只是美，她美中帶艷。兩人沒有共同點，勉強說相同的話，那就是兩人的腰都很細。

「我先替你沖涼。」她說：「你先替我脱衣服。」

將她的紗龍結解開，用手一拉，她轉了幾個圈，光着下半身站在我跟前。

「慢慢來。」她說：「很多女人不懂得這個道理，自己一二三脱掉。沒有讓男的欣賞過程，真是傻瓜。」

浴室裏，她從缸中掏出一桶桶的水，為我淋着，不用花灑。每一個地方，都被她洗得乾乾淨淨，用大毛巾替我包住。推進蚊帳，打開了窗，關掉燈，月光照入。

「開了冷氣會着涼。」她輕聲地說。

「妳也和奧絲曼夫人一樣，學過房術？」我問。

「房術有甚麼了不起？」她不屑：「我受的訓練是按摩。」

「按摩有甚麼了不起？」我沒出聲。她笑了一笑，好像說：「等一會兒你就知道。」

和上海師傅的技巧一點也不同，也不像日本指壓，不近泰國古法，土耳其的那套更是免談。這女人的按摩，對人體構造摸得清清楚楚。每一個穴位奇準，由輕漸重。力氣排山倒海。

「聽說有一個穴位，能讓上了年紀的男人起死回生？」我好奇的問，心想要是她真行，下次可以把老爸帶來讓她服務服務。

「看來你不必用到。」她又笑了：「另外有個穴，絕對不能按，按了即刻睡着。」

「我才不會，你試試看。」我挑戰她。

「不後悔？」她反過來挑戰我。想到慕提雅講起這種女人不受挑戰的個性，更想證實一下。

「不後悔。」我說。

這女人在我的後頸輕輕的一按。完了，一覺睡到天亮，她已無影無蹤。第二個晚上也就那麼白白花掉。好在醒來時，發現我頸項上的一顆脂肪瘤已經消失了，本來約好去法國醫院開刀。要花萬多塊港幣，現在在睡眠中給她擠了出來，還一點也不痛，真是神奇。

第三天慕提雅女士來電，說她拍攝中的電影女主角發脾氣離開現場，她要趕到鄉外等地去解決問題，不能陪我們了。大哥說他老馬識途，不靠她，留下車子和司機就行。

吃完另一頓豐富的印尼餐後，大哥帶我們去理髮。

理髮師都是女的，五名服侍一個客，年輕活潑，調皮搗蛋。一面按摩一面挑逗。可惜理髮院裝修得富麗堂皇，大放光明，不能在裏面就地正法。

出來後，大哥又去賭場。弟弟去看峇里島來的傳統舞孃跳舞。我不能再失手。要了車，吩咐司機直奔超級市場。男人，和女人構造不同，不必感情也本能地做這一件事，只要做好安全措施就是。

剛好是星期六晚上，海邊人頭湧湧，都是女的，數目比客人多出幾十倍。三千名女子，就不相信找不到一個合心水的。

果然，在人群之中，鶴立雞群地站着一個高妹，直髮垂肩，濃眉，烏黑的大眼珠轉了又轉，微微張開的唇，有點厚。如果硬要說像甚麼人，倒似在《紅高粱》中初出道的鞏俐，也是比她美，毫不遜色。

「多少錢？」我用印尼話問。

她說了一個數目，好幾十萬盾。

「到底多少錢？」我問司機。

司機回答：「十塊美金。」

即刻掏腰包，才發現現款給慕提雅夫人拿走，空空如也。

「借十塊來用。」我命令司機。

「身上沒那麼多錢。」司機回答。

「甚麼？」我大叫：「連十塊都沒有？」

「蔡先生。」司機説：「十塊美金，在我們來説，也是一筆大數目呀！」

真拿他無可奈何。下車到海邊去抽根煙洩悶氣。唉！看到一對對的男女在沙灘上蠕動，原來超級市場的顧客，像買榴槤一樣，是現開現吃的。一片無際的海邊，幾百對男女在做傳宗接代的事，蔚為奇觀。

飛機上，大哥和弟弟閉目休息，我獨自望出窗外，想起這幾個晚上，也想到沙灘的一個男人，看見脱掉的鞋子被浪潮捲走，即刻從女人身上拔出來追鞋，真是滑稽。忍不住吃吃地笑。大哥和弟弟睜開眼，以為我在回憶迷魂陣，羨慕不已。